BASTEI
LÜBBE

Leonore Fleischer

Agnes – Engel im Feuer

Heilige oder Mörderin?

BASTEI LÜBBE

BASTEI-LÜBBE-TASCHENBUCH
Band 10 724

Deutsche Erstveröffentlichung
Titel der Originalausgabe: AGNES OF GOD

Printed 1986
Einbandgestaltung: Roland Winkler
Titelbild: …
Satz: Fotosatz Froitzheim Bonn
Druck und Verarbeitung: Ebner Ulm
ISBN 3-404-10724-1

Der Preis dieses Bandes versteht sich einschließlich
der gesetzlichen Mehrwertsteuer.

Einleitung

Im Februar 1981 arbeitete ich in Buffalo im Staate New York und drehte meinen Film *Best Friends*, als sich in Boston zum erstenmal der Vorhang für *Agnes – Engel im Feuer* hob. Meine Freundin Lee Remick spielte die Rolle der Psychiaterin, und sie hatte mich eingeladen, an der Premiere teilzunehmen. Seit diesem Tag habe ich das Theaterstück nicht mehr aus den Augen verloren.

Ich bin in Kanada als strenggläubiger Methodist aufgewachsen, und religiöse Themen haben mich seit jeher fasziniert. Ich glaube, die meisten Menschen, gleichgültig, welcher Religion sie angehören, haben das Bedürfnis zu glauben, und sie vertrauen darauf, daß es außerhalb dieser unserer Welt noch etwas Höheres gibt. *Agnes – Engel im Feuer* hat mir die Möglichkeit geboten, einen Film zu drehen über den Konflikt zwischen Glauben und Logik. Die Welt heutzutage scheint dringend »Engel« nötig zu haben. Und gerade die Suche nach den Heiligen unserer Zeit hat mich bei diesem Theaterstück als erstes gereizt.

Ich bewundere das Werk von John Pielmeier und halte ihn für einen der besten jungen Dramatiker des heutigen Amerikas. Nachdem mir Columbia Pictures Unterstützung zugesichert hatte, traf ich mich im Dezember 1983 zum erstenmal mit ihm, um darüber zu diskutieren, wie man sein streng stilisiertes Theaterstück in einen Film umarbeiten konnte. Das Stück, übersetzt in sieben Sprachen und aufgeführt in 14 Ländern, war für drei Schauspielerinnen auf einer spartanischen Bühne geschrieben. Es spielte ausschließlich im Büro der Psychiaterin, und bis auf zwei Stühle und einen Aschenbecher war die Bühne leer. Als wir am Drehbuch zu arbeiten begannen, kam mir die Idee, die Geschichte in einem Kloster in Quebec spielen zu lassen, in der Hoffnung, eine Umgebung zu schaffen, die für das Publikum ungewohnt und interessant sein würde. Die Atmosphäre von Französisch-Kanada, die bestimmt ist vom Katholizismus, lieferte den geeigneten Hintergrund für unsere Geschichte und gestattete uns, sowohl englische als auch französische Dialoge einzuführen.

Ich habe die Erfahrung gemacht, daß es meist sehr schwierig ist, ein Theaterstück in einen Film umzuschreiben, da der Bühnenautor seine Hauptdarsteller in längeren Dialogen oder Monologen zum Publikum sprechen lassen kann. Diese Möglichkeit ist beim Film nicht gegeben. Die besten Bearbeitungen eines Bühnenstückes sind meistens das Ergebnis einer Zusammenarbeit zwischen Autor und einem einfühlsamen Regisseur, der mit den Mitteln des Films visuelle Elemente einbringt, die einen Großteil des Dialogs interpretieren. Bei John Pielmeier, der auch mit dem Schreiben von Drehbüchern durchaus vertraut ist, gelang es mir, die Intensität der Spannung zwischen den drei Frauen aufrechtzuerhalten, während ich das Umfeld des Stückes ausbreiten und einige zusätzliche Figuren einführen konnte, die der Geschichte etwas mehr Realität verliehen, was für die Filmfassung geboten schien.

Patrick Palmer, dem Produzenten, mit dem ich seit vielen Jahren zusammenarbeite, ist es gelungen, den mit einem Oscar ausgezeichneten Szenen- und

Kostümbildner Ken Adam zu gewinnen, der zusammen mit dem für die Bauten zuständigen Richard Reseigne die historische Rockwood-Knabenschule in Ontario in weniger als sechs Wochen zu einem Kloster umbaute. Dem hochtalentierten Kameramann Sven Nykvist, der für seine Arbeit mit Ingmar Bergman bekannt ist, ist es zu danken, daß die Szenen und dargestellten Personen zum Leben erweckt wurden. Schnittmeister Antony Gibb, der mit mir in *Anatevka, Jesus Christ Superstar, Rollerball* und *F. I. S. T.* zusammengearbeitet hat, brachte das künstlerische Geschick mit, das nötig ist, um die Leistung von Technikern und Schauspielern auf der Leinwand zur Geltung zu bringen.

Die Besetzung mit Jane Fonda, Anne Bancroft und Meg Tilly kennzeichnet den ersten meiner Filme, dessen Hauptrollen ausschließlich von Frauen gespielt werden. Wenn man so will, ist dies wahrscheinlich mein Beitrag zur Frauenbewegung. Es war ein wirklich aufregendes Erlebnis, mit drei der begabtesten Schauspielerinnen unserer Zeit zu arbeiten.

Jane Fonda brachte für die Rolle der Dr. Martha Livingston die Intelligenz, Intensität und Überzeugungskraft mit, die sie zu Recht zu einer der Besten ihrer Zunft machen.

Anne Bancroft, die ich unter anderem deshalb ausgewählt hatte, weil sie stark genug ist, um gegen Jane in den dramatischen Konfrontationen bestehen zu können, brachte in die Rolle der Mutter Miriam Ruth viel von ihrem warmherzigen Humor ein.

Meg Tilly verlieh der Rolle der Agnes die Frische, die von dieser Figur ausgeht. Meg ist auf einer Farm in British Columbia aufgewachsen und führte dort ein sehr einfaches Leben. Sie besitzt die Unschuld, Natürlichkeit und

Ehrlichkeit, wie man sie nicht selten bei Menschen findet, die auf dem Land aufgewachsen sind.
Mit Unterstützung dieser erstklassigen Besetzung und der Hilfe meines hervorragenden Aufnahmeteams hoffe ich einen Film geschaffen zu haben, der dazu angetan ist, Gläubige wie Ungläubige anzuregen, ein wenig über Religion nachzudenken.

Norman Jewison, Regisseur

Toronto
18. April 1985

Prolog

Es ist dunkel, und die Schreie sind entsetzlich. Immer und immer wieder, ein Schrei nach dem anderen, Agonie, umgesetzt in Geräuschwellen. Jetzt ein Stöhnen, leise und schrecklich, das sich mit den Schmerzensschreien mischt, und aus einem unbegreiflichen Grund ist das Stöhnen noch durchdringender als die Schreie. Dann hört das Stöhnen auf, und das ist das Schrecklichste von allem.

Ich habe Angst vor dem, was hinter der Tür ist. Dennoch wende ich meine ganze Kraft an, um sie aufzudrücken.

Jesus Christus, sei uns gnädig! Nie im Leben habe ich so viel Blut gesehen... Blut an den Wänden, auf dem Bett, eine Blutlache am Boden...

Und dort, dort unter dem Bett...

1

Die Fahrt dauerte über eine Stunde, von der Stadt in Richtung Westen. Obwohl Dr. Martha Livingston normalerweise ungeduldig wurde, wenn sie lange am Steuer ihres Wagens saß, und lieber irgendwo *war* als dorthin unterwegs zu sein, hätte es ihr diesmal nichts ausgemacht, wenn der Weg noch länger gewesen wäre. Es war ein herrlicher, kühler, aber sonniger Tag; jenes seltsame, goldene Licht, wie es für die kürzer werdenden Tage Ende Oktober typisch war, drang durch hochgetürmte Kumuluswolken, die seltsam schwarz und rosa schimmerten, und badete die Gegend in dem satten Schein, wie man ihn auf Gemälden von Turner findet. Doch nicht die majestätische Ruhe der Landschaft oder der Glanz dieses Herbsttages ließen Dr. Livingston mit Widerwillen an das Ende der Fahrt denken. Genau gesagt, war sie kaum in der Stimmung, die Außenwelt überhaupt wahrzunehmen. Nein, der Widerwille rührte von den Gedanken an das, was sie an ihrem Ziel erwarten würde.

Jetzt, als sie es sich wieder vergegenwärtigte, zogen sich ihre Brauen unwillkürlich hoch, und ihre Finger klammerten sich fester an das Lenkrad. Instinktiv langte sie nach ihren Zigaretten, lenkte mit einer Hand, während sie in ihrer Ledertasche nach dem Päckchen kramte, und zündete sich dann eine Zigarette an. Aber die Zigarette, die sonst beruhigend auf sie zu wirken pflegte, schien gar nichts gegen ihre Vorahnungen auszurichten. Dr. Livingston empfand einen Wirrwarr von gemischten

Gefühlen in diesem Fall, und alle waren sie gleich beunruhigend.
Als Gerichtspsychiaterin waren Dr. Martha Livingston alle Aspekte des menschlichen Wesens nicht fremd. Stark, intelligent und mutig, war sie durchaus damit vertraut, selbst in die dunkelsten, verborgensten Winkel eines fehlgeleiteten, verbrecherischen Gehirns einzudringen. Und da sie es von Berufs wegen gewohnt war, mit dem Licht der Vernunft die geheimen Ängste zu erhellen, besiegte sie meist mit Erfolg ihre Befürchtungen, stellte sie als irrational bloß und verscheuchte sie auf diese Weise. Aber diesem Fall waren Aspekte eigen, mit denen sie bislang noch nie konfrontiert gewesen war, Aspekte, die, gelinde ausgedrückt, zumindest äußerst beunruhigend waren.
Mord ist immer etwas Unmenschliches, doch der Mord an einem Neugeborenen erschien doppelt unvorstellbar, nicht nur wegen der Tat selbst, sondern wegen der wahnwitzigen Vergeudung des neuen Lebens, das da ausgelöscht und weggeworfen wurde. *Weggeworfen, ja.* Man hatte das Baby in einem Papierkorb gefunden, im Zimmer der Angeklagten, erdrosselt, die Nabelschnur um den kleinen Hals geschlungen.
Wahnwitzig. Und das war die Aufgabe, die am Ende dieser Fahrt auf Dr. Livingston wartete: Die geistige Zurechnungsfähigkeit der Angeklagten zu untersuchen. Wenn man zu der Schlußfolgerung kam, daß die Täterin nicht zurechnungsfähig war, würde ihr kein Prozeß gemacht werden, aber sie würde ihr Dasein bis an ihr Lebensende in einer geschlossenen Anstalt zubringen müssen. *Die Angeklagte . . .* Martha lief ein Schauer über den Rücken, obwohl die Heizung im Wagen eingeschaltet war.

Sie hatte diesen Fall nicht übernehmen wollen, sagte sie sich vielleicht zum hundertsten Mal. Sie hatte es unmißverständlich gesagt, laut und deutlich, an dem Tag im Gerichtsgebäude, nachdem die Anklage erhoben worden war.

»Bitte, beauftragt jemand anderen damit.«
Richter Leveau schüttelte entschieden den Kopf. »Tut mir leid, Martha«, erklärte er ihr mit seiner milden Stimme. »Diesmal sind Sie dran.«
»Was ist mit Roger?« protestierte sie. »Er wäre frei.«
Richard LeClaire, der Kronanwalt, mischte sich mit schroffem, autoritärem Tonfall ein. »Sie wollen eine Frau haben«, erklärte er kurz und bündig, als würde das alle Argumente aus dem Weg räumen.
Sie hatte die ganze Zeit über gewußt, daß es so etwas sein mußte, hatte es gewußt, als man sie zu Hause anrief und verlangte, daß sie bei der Voruntersuchung anwesend sei. Sie hatte es gewußt, während sie über die Kabel der Fernsehkameras stolperte und sich durch die Menge von aufgeregten Reportern einen Weg über die Treppe zum Gerichtsgebäude freikämpfte. Auf den breiten Marmortreppen im Inneren des Gebäudes herrschte ein regelrechter Aufruhr, ein aufgeregtes Durcheinander von Stimmen, die sich englisch und französisch Neuigkeiten zuriefen. Im Geiste vor sich sah sie die Angeklagte, klein und verhärmt, umgeben von anderen Nonnen und flankiert von Eugène Lyon, einem Anwalt, dem es offenbar stets gelang, in Fällen, die Schlagzeilen versprachen, die Verteidigung zu übernehmen.
Und dieser Fall mit all seinen menschlichen Abgründen machte wahrhaftig Schlagzeilen! Nicht nur hier in Montreal, nicht nur in der Provinz Quebec, nicht nur in

Kanada, sondern auf der ganzen Welt. Das war die Sensations-Schlagzeile für die Titelseiten der Boulevardblätter, und Martha Livingston verspürte nicht die geringste Lust, sich an diesem Rummel zu beteiligen.
Sie schaute sich in dem holzgetäfelten und von Bücherregalen gesäumten Büro, in dem Richter Joseph Leveau residierte, um. Die anwesenden Männer waren drei zu eins in der Überzahl. Leveau, LeClaire und Lyon, die sich bequem und behaglich in ihren Ledersesseln räkelten, während sie vor ihnen stand, nervös; und verzweifelt an ihrer dritten Zigarette in zwanzig Minuten paffte.
»Sie brauchen sie ja nur ein paarmal zu besuchen«, begann Lyon mit der in unzähligen Prozessen geübten Überredungskunst, »und dann dem Gericht zu erklären, daß sie nicht zurechnungsfähig ist.«
Martha wandte sich ihm zu, und ihre dunkelblauen Augen funkelten ihn wütend an. »Wollen Sie mir vielleicht diktieren, welche Position ich einnehmen soll?« fuhr sie ihn an.
LeClaire schaltete sich besänftigend ein: »Martha, wir wollen damit doch nur sagen, daß –«
Aber Dr. Livingston ließ sich nicht beschwichtigen. »Ich fürchte, da begeben wir uns auf äußerst prekäres juristisches Gebiet«, erklärte sie.
»Niemand will, daß dieser Fall vor Gericht kommt«, entgegnete der Anklageführer. »Nicht die Kirche, nicht die Krone, und am wenigsten ich.«
Martha drückte wütend ihre Zigarette in dem am nächsten stehenden Aschenbecher aus und zündete sich automatisch eine neue an. »Hören Sie, Richard, sie hat immerhin ein Neugeborenes erdrosselt –«
»Niemand ist daran interessiert, eine Nonne ins Gefängnis zu schicken«, beharrte LeClaire.

Der Richter rutschte in seinem Sessel hin und her und ließ zum erstenmal erkennen, daß auch ihm dieser Fall ein gewisses Unbehagen bereitete. »Wir wollen Ihnen nicht vorschreiben, wie Sie entscheiden sollen, Martha«, erklärte er, obwohl seine Miene genau das Gegenteil ausdrückte. »Wir zwingen Sie nicht einmal dazu, daß Sie diesen Fall übernehmen. Es ist nur so, daß wir bedauerlicherweise unter Druck stehen.«

»Gibt es einen triftigen Grund, weshalb Sie glauben, daß Sie den Fall nicht übernehmen können?« fragte Lyon, der Verteidiger.

»Ja«, antwortete Martha sofort, doch dann biß sie sich auf die Lippe. Wie hätte sie diesen Männern ihre Gefühle erklären können, da sie mit sich selbst nicht einmal im reinen war.

»Und was ist das für ein Grund?« fragte Lyon freundlich, doch seine scharfen Augen wichen nicht von ihrem Gesicht.

Was kann ich nur sagen, damit sie mich verstehen? Ich bin der falsche Arzt für diesen Fall. Und, noch wichtiger, es ist der falsche Fall für mich.

»Ich habe heute Geburtstag«, sagte sie schließlich schwach. »Wenn ich Geburtstag habe, treffe ich immer die falschen Entscheidungen.« Sie wußte, daß es zu leicht und schnippisch klang, aber sie war so aufgewühlt, daß sie nichts anderes herausbrachte.

Die Männer lachten. Dann langte der Richter über den Tisch und nahm den Aktenordner, der die Dokumente aus dem Fall der Nonne enthielt. Mit einem leichten, spöttischen Lächeln reichte er Martha den Ordner.

»Alles Gute zum Geburtstag.«

Zögernd nahm sie die Akten entgegen. »Danke.« Der Ordner wog leicht in ihrer Hand, er konnte nicht allzu viele Unterlagen enthalten. Warum auch? Es war ein klarer Fall, nicht wahr? Und eine Nonne hatte nur wenig, was sie mit der Bürokratie der Welt jenseits der Klostermauern verband.

Sie nahm die Unterlagen und ihre Aktenmappe und verabschiedete sich dann so höflich, wie sie es angesichts der Art und Weise, wie die drei sie hereingelegt hatten, vermochte. Ihre Absätze klapperten zu laut in ihren Ohren, als sie den Marmorboden der Eingangshalle des Gerichtsgebäudes überquerte – empfindliche Nerven, dachte sie. Noch hatte sie keinen einzigen Schritt in diesem Fall unternommen, und schon schlug er ihr aufs Gemüt.

Eine Nonne! dachte sie, als sie ihren Wagen aufschloß und die Aktenmappe auf den Rücksitz warf. Eine Nonne, die einen Mord begangen hatte. Nein, keinen Mord – das vergaß sie immer wieder. Es war Totschlag. Sie war wegen Totschlags angeklagt. Immerhin – Schwester Agnes hatte ihr eigenes neugeborenes Baby getötet, hatte es mit der Nabelschnur erdrosselt. Eine Nonne! Mein Gott. Kein Wunder, daß mir dieser Fall aufs Gemüt geht.
Eine Nonne! Jesus Christus!

Auf der Fahrt nach Hause hatte Dr. Livingston versucht, sich Schwester Agnes vorzustellen. Sie rief sich die Gestalt wieder ins Gedächtnis, die sie auf der Treppe vor dem Gerichtsgebäude gesehen hatte. Eine beinahe magere, zarte Gestalt, umgeben von einem schützenden Schwarm anderer Nonnen. Ihr Gesicht war so weiß gewesen wie die Haube, die sie trug, aber von ihren Gesichtszügen hatte Martha so gut wie gar nichts erkennen können. Im Gewitter der Blitzlichter waren die Einzelheiten ihres Gesichts untergegangen. Geblieben war lediglich der Eindruck von den Augen: Groß und dunkel.

Sie schaut mich direkt an, und sie hat wahnsinnige Angst.
Wahnsinnig. Sie mußte es doch sein, oder nicht? Was gäbe es sonst für einen Grund dafür, sein eigenes Neugeborenes zu erdrosseln? War es die Folge einer bereits länger vorhandenen geistigen Umnachtung, oder handelte es sich um eine augenblickliche, eine vorübergehende Verwirrung? Was auch immer, Martha war inzwischen zu der Erkenntnis gelangt, daß es am besten war, den Fall schnell durchzuziehen, so wie Lyon es vorgeschlagen hatte. Ein, zwei Besuche bei Schwester Agnes, und dann die Diagnose. Es ergab keinen Sinn, die Düsternis der Geschichte aufhellen zu wollen. Je rascher alles vorüber war, um so besser für alle Beteiligten.
Und nun versuchte sie, den Fall zu verdrängen. Heute war ihr Geburtstag; sie wollte abends ausgehen und feiern, und sie hatte gerade noch genügend Zeit, um sich das Haar zu waschen und sich umzuziehen, bevor sie abgeholt wurde.
Aber eine Nonne! Jesus Christus! Eine Nonne!

»Bonne anniversaire, Marty«, flüsterte ihr Larry Langevin inmitten der fröhlichen Geräuschkulisse des Bistros ins Ohr. Er küßte liebevoll ihr Ohrläppchen, aber Martha schüttelte abwehrend den Kopf. Die anderen am Tisch begannen laut *»Happy Birthday to You«* zu singen, während der strahlende Geschäftsführer die Torte hereinbrachte, deren Verzierung von Zuckerwerk glitzerte. Das »Rive Gauche« war ihr Lieblingslokal, ihr Geburtstag war der schönste Tag im Jahr, die Leute, die mit ihr feierten, waren ihre besten Freunde, und Larry Langevin stand ihr sehr nahe – dennoch vermochte Martha nicht, das düstere Gefühl abzuschütteln, das sie den ganzen Tag

verfolgte. Dieser verdammte Fall! Es gelang ihr nicht, sich ablenken zu lassen; nicht durch die Hasenpastete, die Ente – flambiert mit Apfelschnaps aus der Normandie –, nicht einmal durch den guten Bordeaux, den sie tranken. Und gewiß nicht durch diese etwas lächerliche Geburtstagstorte, die peinlich dafür sorgte, daß jetzt jeder Gast im Bistro mitsang und applaudierte.

Eine Flasche Champagner erschien wie durch Zauberhand, mit den besten Empfehlungen des Hauses, und Martha bemühte sich, ein Lächeln aufzusetzen, als ob sie sich amüsiere. Sie hatte mit besonderer Sorgfalt ihre Garderobe gewählt, und die Bewunderung, die in Larrys Blicken lag, bestätigte ihr, daß sie gut aussah. Das enganliegende elegante Kleid unterstrich vorteilhaft ihre schlanke Figur. Es war ja auch ein besonderer Anlaß.

Aber, immer wenn sie die Augen schloß, sah sie das Baby vor sich, mit blau angelaufenem Gesicht, die blutige Nabelschnur um den Hals, die toten Augen aus den Höhlen hervortretend, die winzigen Händchen verkrampft, als wollten sie verzweifelt nach dem Leben greifen, und Martha lief ein Schauer über den Rücken.

Es war schon nach Mitternacht, als sie das Bistro in der Altstadt von Montreal verließen. Die drei Paare standen auf dem Kopfsteinpflaster – es hatte geregnet während des Abends – und verabschiedeten sich leutselig. Sie waren müde nach einem langen Tag und mehr als nur ein bißchen angeheitert vom Wein, vom Champagner und dem Cognac nach dem Essen. Martha hatte Kopfschmerzen; sie schienen sich wie ein stählerner Reifen um ihren Schädel gelegt zu haben und bis in die Augenhöhlen fortzusetzen.

»Du hast dich nicht wohl gefühlt«, sagte Larry bedauernd, als sie in seinen Peugeot stiegen.

Martha streckte den Arm aus und ergriff seine Hand. »Doch. Wirklich. Es tut mir leid. Aber es ist dieser verdammte Fall, den sie mir heute angehängt haben.«

»Die Nonne, die das Baby getötet hat?«

Sie nickte erschöpft.

»Dommage», bemitleidete er sie. »da beneide ich dich nicht. Und – es wird sicher keine leichte Entscheidung werden.«

»Das kannst du zweimal sagen.«

Die Straßen glänzten vor Nässe im Schein der altertümlichen Straßenlampen der Altstadt. Larry Langevin fuhr langsam und schweigend dahin, weil er Rücksicht auf Marthas Kopfschmerzen nahm; er warf von Zeit zu Zeit einen Seitenblick auf ihr blasses Gesicht, als brenne er darauf, ihr eine Menge Fragen zu stellen. Und als Lieutenant bei der Kriminalpolizei brannte er tatsächlich darauf, seine Neugier zu befriedigen. Der Fall mit seiner schlagzeilenheischenden Gräßlichkeit war für ihn aus der Sicht der Polizei kein Problem: Eine Nonne hatte – wie auch immer – ein Kind zur Welt gebracht und sich dessen entledigt, indem sie es erdrosselte. Aber dann wurde die Tat plötzlich zu einer politischen Angelegenheit. Nicht nur die Behörden waren in die Sache verwikkelt, auch die führenden Persönlichkeiten der römischkatholischen Kirche Kanadas würden den Fall sehr genau beobachten, waren bereit, einzugreifen, falls das nötig werden würde.

Der Peugeot kletterte hinauf zum Mount Royal-Park; Marthas Apartment befand sich in einem ehemaligen viktorianischen Herrenhaus, das man in einzelne Wohnungen aufgeteilt hatte, auf der englischsprechenden Westmount-Seite des Parks. Oben auf dem Mount Royal stand ein riesiges, erleuchtetes Kreuz, das von fast jedem

Punkt in der Stadt aus zu sehen war. Ein vertrauter Anblick für jeden, der in Montreal lebte – aber Marthas Blick wurde jetzt magisch davon angezogen, und sie konnte ihn nicht abwenden. Die weiße, strahlende Reinheit des Symbols schien sich in ihr schmerzendes Gehirn zu brennen.

Sie hielten vor ihrem Apartmenthaus, machten aber keine Anstalten, auszusteigen. Larry hatte Nachtdienst – aber abgesehen davon, bestand zwischen ihnen die unausgesprochene Übereinkunft, daß heute nicht die richtige Nacht war, um gemeinsam in ihre Wohnung zu gehen, nicht die Nacht, in der Larry bei ihr bleiben konnte. Er fischte sein halb zerknülltes Zigarettenpäckchen aus der Tasche und zündete zwei Zigaretten an, reichte dann eine davon Martha, ohne ein Wort zu sagen. Sie saßen ein paar Minuten lang schweigend da, dann begann Langevin zu sprechen.

»Diese Nonne. Was weißt du über sie?«

Martha schüttelte ärgerlich den Kopf. »Könntest du bitte aufhören, den Detektiv zu spielen, Larry? Laß deine Plakette im Büro, ja?«

»Marty, es gibt wichtige Fragen, die ich in dem Zusammenhang stellen möchte.«

»Zum Beispiel?«

»Zum Beispiel, was sie in Wirklichkeit unter diesem Kopfputz tragen.« Die Frage war so unerwartet albern, daß Martha nicht umhin konnte, laut zu lachen.

»Ich meine es ernst«, fuhr Langevin fort. »Als Kind hat man mir gesagt, daß die Nonnen hundertfünfzig Jahre alt werden.«

»Werden sie das denn nicht?« Noch immer ein wenig beschwipst, kicherten sie wie zwei unartige Kinder.

Nach längerem Schweigen nahm Martha einen tiefen Zug

aus der Zigarette. »Larry, ich weiß nicht, ob ich den Fall übernehmen kann«, sagte sie leise, und es klang gar nicht beschwipst.
»Warum nicht? Aber wenn er dich belastet, gib ihn doch an Roger ab. Den bringt so leicht nichts aus der Ruhe...«
»Weißt du, daß ich eine Schwester hatte?« unterbrach ihn Martha.
Langevin wandte sich ihr zu; der Blick aus seinen dunklen Augen unter den buschigen Brauen lag eindringlich auf ihrem Gesicht. »Nein«, sagte er leise und wartete darauf, daß sie weitersprach.
»Marie war ein paar Jahre jünger als ich.« Sie brachte die Worte nur mühsam hervor, als habe sie sie so lange verborgen, daß sie das Licht scheuten. »Sie ist mit sechzehn ins Kloster gegangen. Dort ist sie an einem Blinddarmdurchbruch gestorben, weil die Mutter Oberin sie nicht in ein Krankenhaus einweisen wollte.« Martha drückte die Zigarette aus und starrte vor sich hin, wobei sie Larrys Blick auswich.
»Mein Gott«, sagte Langevin leise. Die Bitterkeit, die nicht nur in ihren Worten lag, sondern auch in ihrem Tonfall, war nur allzu deutlich herauszuhören. Jetzt war ihm klar, weshalb Martha zögerte, diesen Fall zu übernehmen. Nonnen, Klöster – das waren offenbar so etwas wie rote Tücher für sie. Seit Jahren hatte sie diesen Zorn und diesen Schmerz mit sich herumgetragen.
Jetzt wandte sie ihm das Gesicht zu, und ein schwaches etwas scheues Lächeln huschte über ihre vollen Lippen.
»Soviel zum Thema: Ich und die Religion.« Sie tippte sich auf die Stirn. »Das hier, das ist meine Religion. Hier oben. Hier ist die Antwort auf alles zu finden.«
Der älteste Konflikt in der Geschichte der Menschheit,

dachte Langevin. *Glaube gegen Vernunft, Vernunft gegen Glauben. Und sie denkt, sie hat die Lösung gefunden.* Aber er antwortete nur: »Ja, die Antwort auf alles, nur nicht, ob du diesen Fall übernehmen sollst«, und gab ihr einen Kuß auf die Stirn.

»Ich werde es überschlafen.« Martha lachte; jetzt fühlte sie sich wohler. Larry übte immer diese erlösende Wirkung auf sie aus. Er war so solide, so zuverlässig. Ja, er sah sogar solide aus, mit seinem ernsten Gesicht, den großen, geschickten Händen, den warmen Augen und den breiten Schultern. Sie lächelte ihn an und war einen Augenblick lang in Versuchung, ihre Meinung zu ändern und ihn doch noch nach oben zu bitten.

Langevin schaute auf die Uhr. »Mein Gott! In zwanzig Minuten muß ich im Präsidium sein.« Er ließ den Motor an.

Martha stieg aus dem Wagen. »Danke für den Abend, Larry, es war wunderbar. Du brauchst mich nicht zur Tür zu begleiten.«

»Noch mal: Alles Gute zum Geburtstag. Ich ruf dich morgen an.« Er fuhr sehr langsam weg und wandte eine ganze Weile nicht den Blick von Martha. Als sie die Haustür erreicht hatte, schaltete er den Suchscheinwerfer ein, fing sie in seinem Strahl ein und beleuchtete ihre schlanke Gestalt. Sie drehte sich um und winkte ihm lächelnd zu.

Das Hoch ihrer Stimmung dauerte an, bis sie ihre Wohnung erreicht hatte. Sie schloß die Tür auf und tastete nach dem Lichtschalter, doch dann änderte sie ihren Entschluß. Das Dunkel war angenehm und beruhigend, und sie fand sich trotzdem überraschend gut zurecht. Erst legte sie Handtasche, Schlüssel, die Post und die Zeitung auf das Tischchen in der Diele, wo auch ihr

Anrufbeantworter und das Telephon standen, dann schaltete sie das Gerät auf »PLAY« und drehte die Lautstärke auf, damit sie es auch in der Küche hören konnte. Eine kleine, schwarzweiße Katze schnurrte auf sie zu, miaute, um ihre Aufmerksamkeit zu erregen, und folgte Martha dann in die Küche. Während die Katze um ihre Beine strich, hörte Dr. Livingston die aufgezeichneten Nachrichten des Anrufbeantworters ab.

»Hallo, Marty, hier spricht Helen.« Ihre Sekretärin, Helen Gervaise. »Ich rufe nur an, um Ihnen zu sagen, daß Mrs. Davenport ihren Termin für morgen um neun Uhr telephonisch bestätigt hat. Okay, bye,bye.«

Martha öffnete den Kühlschrank und nahm einen Karton Milch heraus.

»Hi, Süße, ich bin's.« Die Stimme von Tom. »Wollte dir nur alles Gute zum Geburtstag wünschen. Tut mir leid, daß ich heute abend nicht bei dir sein kann. Ruf dich morgen an. Alles Liebe.« Martha seufzte und schüttelte den Kopf.

Sie goß sich ein Glas Milch ein und nahm dann die Katzenschüssel aus dem Schrank. Mitzi schnurrte und strich um ihre Beine, als sie merkte, daß es jetzt Milch gab.

Martha ließ die Kühlschranktür offen und trank langsam ihre Milch im schwachen Licht der Innenbeleuchtung, das auf den Boden fiel. Neben ihren Füßen leckte die Katze glücklich die Milch aus der Schüssel. Die nächste Stimme, die aus dem Anrufbeantworter drang, bewirkte, daß Dr. Livingston zusammenzuckte, und sie stellte das Glas mit zitternden Fingern ab. Wie üblich, sprach er Französisch und Englisch, wobei er gewandt von der einen in die andere Sprache überwechselte.

»Na, Martha, was glaubst du wohl, wer das ist?« *Sehr*

komisch. »Ich wollte dir ein *bonne anniversaire* wünschen. *Bien de choses a ta maman.* Und ruf mich mal an, ja? *A bientôt.*«

Obwohl sie seit fünf Jahren geschieden waren, brachte die Stimme ihres Exgatten sie immer noch aus der Fassung. Jacques rief stets völlig unerwartet an, und dabei verhielt er sich so, als wäre er sicher, daß sie sich über den Anruf freute. In dem etwas angegriffenen Zustand ihrer Nerven war sie froh, daß sie das Gespräch nicht selbst angenommen hatte. Dennoch empfand sie auch ein Gefühl von Wärme; sie freute sich darüber, daß er angerufen hatte.

Und noch eine Nachricht. »Marty, hier ist wieder Helen. Mrs. Davenport hat gerade angerufen und ihren Termin für morgen abgesagt. Bis dann.«

Klick. Nachdem es seine Pflichten erfüllt hatte, schaltete sich das Gerät ab.

Und damit geht meine letzte Ausrede in die Binsen. Kein Termin morgen. Ein ganzer Tag, an dem ich Zeit habe, das Kloster zu besuchen und der Nonne gegenüberzutreten, die ihr Kind getötet hat. Großartig.

Plötzlich konnte es Dr. Livingston nicht mehr ertragen, im Dunkeln zu sein. Sie warf die Kühlschranktür zu, schaltete die Küchenbeleuchtung ein, ging hinüber ins Wohnzimmer und knipste auf dem Weg dorthin sämtliche Lampen an. Die Katze, die ihre Milch behaglich geschleckt hatte und jetzt liebkost werden wollte, folgte ihr Schritt für Schritt.

Die Post, die Martha auf das Tischchen in der Diele geworfen hatte, war zu Boden gerutscht. Sie bückte sich, um die Briefe aufzuheben. Der Aktenordner, den ihr Richter Leveau überreicht hatte, lag ebenfalls auf dem Boden, und sein Inhalt hatte sich auf dem Teppich

ausgebreitet. Mechanisch sammelte sie die Unterlagen ein, glättete sie, steckte sie in einen Umschlag und legte diesen auf den Tisch in der Diele neben die Abendausgabe der *Gazette*, die sie noch nicht gelesen hatte.
NONNE WEGEN TOTSCHLAGS ANGEKLAGT, lautete die Schlagzeile auf der ersten Seite. Darunter befand sich ein Photo von Schwester Agnes. Obwohl das Bild nicht besonders gut war, gab es doch einiges preis. Zum Beispiel, daß die Nonne jung war, sehr jung. Und recht hübsch, vielleicht sogar schön; ein angenehmes Gesicht, große, vor Entsetzen geweitete Augen. Jung, hübsch und offensichtlich zutiefst erschreckt.
Dr. Livingston betrachtete die Photographie, und das Mädchen schien den Blick zu erwidern, schien sie anzuflehen. War das das Gesicht einer Mörderin? War dieses Mädchen verrückt oder normal? Sie mußte es herausfinden. *Hallo, Schwester Agnes.*
Plötzlich fühlte sie sich sehr erschöpft; es war ein langer und von anstrengenden Pflichten erfüllter Tag gewesen. Sie legte die Zeitung wieder auf den Tisch und ging langsam ans Wohnzimmerfenster. Die Nacht war klar, und vor ihr breitete sich die Stadt aus. Kirchtürme ragten wie ausgestreckte Finger in die Höhe, als wollten sie die Sterne berühren. Das strahlende Kreuz oben auf dem Gipfel des Berges schien Dr. Livingston herauszufordern, so, als wollte es ihren Geist prüfen, um festzustellen, wie es damit beschaffen war.

Die Straße wand sich um einen Hügel, das ebene Gelände wich allmählich einer bergig werdenden Landschaft. Nachdem sie den Wagen eine Zeitlang durch die Vorberge gesteuert hatte, beschrieb die Straße erneut eine weite Kurve. Dahinter, am Fuß der steileren Hügel, eine hohe Steinmauer, ein schmiedeeisernes Tor, mehrere düstere, graue Gebäude. Das Kloster. Sie war am Ziel.

2

Das Kloster und die Mauern, die es umgaben, waren aus dem gleichen, grauen Stein errichtet: Granit aus den einheimischen Bergen, den man nur roh behauen hatte, damit er alt wirkte.

Erbaut im gotischen Stil der berühmten mittelalterlichen Klöster des Mutterlandes, schien auch dieses schon seit Jahrhunderten zu bestehen, doch in Wahrheit war es noch keine hundertfünfzig Jahre alt.

Das schmiedeeiserne Tor war geschlossen. Dr. Livingston parkte auf der Zufahrt vor der drei Meter hohen Mauer und schaltete die Zündung ab. Nachdem sie aus dem Wagen gestiegen war, schaute sie sich um. Im Kontrast zu der Landschaft erschien ihr das Kloster wie eine mittelalterliche, befestigte kleine Stadt, die aus der ländlichen Umgebung emporgewachsen war. Im Klostergarten konnte Martha Blumen- und Gemüsebeete erkennen; die meisten waren jetzt abgeräumt, nachdem der Sommer und die Ernte vorüber waren, aber hier und da standen noch späte Herbstblumen und winterhartes Gemüse. Eine Nonne in Arbeitskleidung, die Flügel der Haube nach hinten gesteckt, damit sie ihr nicht ins Gesicht schlugen, arbeitete in einem der Gemüsebeete.

Auf der linken Seite des Unbefugte abweisenden Eisentors war ein Messingschild an einem Torpfeiler befestigt, mit der Inschrift *Les Petites Sœurs de Marie Magdalene*, die »Kleinen Schwestern von Maria Magdalena«. Darunter befand sich eine Klingel, und Dr. Livingston drückte auf den Knopf. Man schien die Glocke nur im Hauptgebäude hören zu können, denn die Nonne im Gemüsegarten hob nicht einmal den Kopf.

Es war sehr still hier, ruhig und friedlich. Ein paar Vögel, die noch nicht in den Süden aufgebrochen waren, kreisten hoch oben am Himmel. Vielleicht Schwalben. Martha atmete die kühle Luft ein, dann, als protestierten ihre Lungen erschreckt vor so viel reinen Sauerstoffs, langte sie in die Handtasche nach ihrem Zigarettenpäckchen und zündete sich eine Zigarette an.

Eine beleibte Nonne trat aus dem Haupteingang und schlurfte auf das Tor zu, wobei ihre große Haube wie ein weißer Drachen im Herbstwind segelte. Schwester Marguerite war eine Frau um die Sechzig, ihr Gesicht war gezeichnet von der Arbeit und der mürrischen Miene, die sie an den Tag legte; sie begegnete ihren Mitmenschen offenbar nicht mit Freundlichkeit. Als eine von nur zwei »Außenschwestern« gehörte es zu ihren Pflichten, auf die Klingel zu achten und das Tor zu öffnen und zu schließen: eine Art respektgebietender Sankt Petrus. Jetzt, als sie sich Dr. Livingston näherte, wandelte sich ihr stets verdrossener Gesichtsausdruck zu einem geradezu bösartigen Funkeln.

»Hallo«, grüßte Martha freundlich, »ich bin Doktor Martha Livingston, die vom Gericht beauftragte Psychiaterin...« Sie hielt inne, als sich das Funkeln verstärkte, und wurde schließlich gewahr, daß sich der Zorn der Schwester weniger auf ihre Person als auf die Zigarette richtete, die sie zwischen den Fingern hielt. Rasch und fast schuldbewußt ließ sie sie auf den Kies fallen und trat sie aus.

Jetzt wandte sich der Zornesblick von Schwester Marguerite auf den ausgedrückten Stummel, der die Zufahrt zum Kloster »entweihte«. Martha stieß ihn mit der Schuhspitze ins Gras, wo er nicht mehr zu sehen war. Was sollte ich denn tun? dachte sie. Hätte ich ihn etwa aufessen müssen?

Zögernd schwand das bösartige Funkeln, es stellte sich wieder der mürrische Gesichtsausdruck ein, und das Tor wurde geöffnet. Wie ein schüchternes Schulmädchen folgte Martha Schwester Marguerite den Weg hinauf und schritt durch die schwere Eichenholztür des Klosters, die mit einem endgültig klingenden dumpfen Schlag hinter ihr ins Schloß fiel. Ohne ein Wort zu sagen, deutete die Schwester mit dem Finger auf eine Tür, die von der riesigen Halle abzweigte, und Martha betrat den dahinterliegenden Raum.

Es schien eine Art Empfangs- und Warteraum zu sein, möbliert mit alten, aber bequemen Stühlen und zwei kleinen Tischchen. Doch allein die Tatsache, daß sie sich in einem Kloster aufhielt, machte Martha schon nervös. Sie erinnerte sich daran, wie ihre Schwester Marie vor zwanzig Jahren durch Fahrlässigkeit in einem Kloster gestorben war. An der Wand hing ein hölzernes Kruzifix mit einem holzgeschnitzten Korpus. Realistisch gemaltes Blut rann aus seinen Wunden und aus den Verletzungen der Dornenkrone auf seinem Haupt. Seine Züge waren so sehr von Agonie verzerrt, daß Martha automatisch in ihrer Tasche nach den Zigaretten kramte, obwohl ihr das Nichtvorhandensein von Aschenbechern im Raum eigentlich genügend hätte verraten müssen. Als sie die Packung und das Feuerzeug in der Hand hielt, schien sich die Agonie auf dem Gesicht des geschnitzten Gekreuzigten noch eine Spur zu vertiefen.

»Doktor Livingston, wie ich vermute.« In der Stimme lag ein Hauch von Heiterkeit, als könne auch sie nicht diesem Martha nur allzu vertrauten Scherz widerstehen. Die Psychiaterin drehte sich um. Eine stattliche Frau in einem makellosen Habit mit eng anliegender Haube und strahlend weißem Skapulier kam mit raschen, leichten Schritten herein. Sie streckte Martha zum Willkommen die Hand entgegen, und während sie näher kam, lachte sie leise über ihre Anspielung.

»Ich bin die Oberin, Mutter Miriam Ruth.«

Verlegen nahm Martha Zigarettenpäckchen und Feuerzeug in die linke Hand, um mit der Rechten den Gruß erwidern zu können.

»Guten Tag. Ich bin –«

»Sie brauchen mich nicht Ehrwürdige Mutter zu nennen, wenn Sie nicht wollen.«

»Danke –«

Aber Mutter Miriam Ruth schien zunächst nicht die Absicht zu haben, Martha zu Wort kommen zu lassen.

»Die meisten finden es unzeitgemäß«, fuhr sie lächelnd fort.

»Ich weiß nicht...«

»Also nennen Sie mich einfach Schwester.«

»Danke«, wiederholte Martha, überrascht, daß man ihr wenigstens zu antworten gestattete, doch Mutter Miriam Ruth war nun offenbar mit ihrer Vorrede zu Ende. Die Oberin schloß die Tür des Raums.

»Sie wollen sicher viele Fragen beantwortet haben«, sagte sie freundlich über die Schulter hinweg. »Sie können übrigens rauchen, wenn Sie wollen. Sagen Sie es nur nicht den Schwestern; die würden das nicht verstehen. Besonders Schwester Marguerite. Die könnte selbst dem Papst die Hölle heiß machen.« Jetzt ging sie mit entschlossenen Schritten zum Fenster und öffnete es weit genug, daß der Zigarettenrauch ins Freie abziehen konnte. Folgsam trat Martha ans Fenster, als sie die Zigarette anzündete, damit der Geruch sich nicht im Raum halten konnte.

»Außerdem fehlen sie mir selbst sehr«, sagte die Oberin ein wenig bedauernd.

Dr. Livingston zog die Augenbrauen überrascht hoch.

»Sie haben geraucht?« fragte sie ungläubig.

»Zwei Schachteln pro Tag.«

»Da schlage ich Sie um Längen«, erwiderte Martha mit einer Spur von Selbstanklage.

»Lucky Strikes.« Die Oberin mußte lachen über den schockierten Ausdruck auf dem Gesicht der Psychiaterin. Lucky Strikes galten als die schlimmsten »Rachenputzer«. »Meine Schwester hat immer gesagt«, fuhr sie fort, »eines der wenigen Dinge, denen man in dieser verrückten Welt vertrauen kann, ist die Ehrlichkeit der Raucher, die filterlose Zigaretten bevorzugen.«

»Sie haben eine kluge Schwester.« Martha lächelte.

»Und Sie haben Fragen«, erwiderte die Oberin, setzte sich und ordnete ihre Ordenstracht.

Ein paar Sekunden lang musterten sich die beiden Frauen abschätzend, als ob sie sich für den Kampf rüsten würden, der ihnen bevorstand.

Mutter Miriam Ruth sah sich einer Frau in den Vierzigern gegenüber, die einmal sehr hübsch gewesen war. Jetzt strahlte ihr noch immer interessantes Gesicht Kraft und Intelligenz aus. Dr. Livingston war etwa einsachtundsiebzig groß, schlank und dabei kräftig. Ihr dichtes Haar war hellbraun, das von Strähnen in hellerem Blond und Grau durchzogen war. Ihre Nase war klein und schmal, die Lippen voll und fraulich, und sie hatte auffallend schöne Zähne. Doch auffallend waren auch ihre Augen. Unter den gewölbten Brauen leuchteten sie in tiefem, klarem Blau, eingerahmt von dichten Wimpern. Ihr Blick wirkte direkt, fast stechend, als ob hinter ihnen keine Geheimnisse verborgen lägen und als ob sie die Geheimnisse des anderen auf einen Blick durchschauen könnten.

Dr. Livingston trug ein einfaches, gediegenes Kostüm.

Martha saß einer Frau gegenüber, die fünfzehn oder zwanzig Jahre älter sein mußte als sie selbst, eine Frau, deren Gesicht weltlicher wirkte, als man es bei einer Mutter Oberin erwartet hätte. In ihrem Gesichtsausdruck lag nichts von weltferner Abgeschiedenheit; statt dessen fühlte man deutlich eine sehr irdische Offenheit. Das Gesicht wirkte trotz der Falten jugendlich und sehr lebhaft. Vielleicht war es der breite Mund mit den vollen Lippen, die wie geschminkt wirkten ... Ein voller Mund, sogar sinnlich – fast erschreckend bei einer Klosterfrau. Was das Haar betraf, konnte man nur raten, weil die Haube das Gesicht dicht umgab, so daß keine Strähne davon zu sehen war. Aber die Augenbrauen waren schwarz, also konnte man vermuten, daß das Haar zumindest früher einmal kräftig und schwarz gewesen sein mußte.

Die Augen der Oberin lagen ungewöhnlich weit auseinander; groß und dunkel, fast samtig-schwarz. Es waren Augen, die Freud und Leid gesehen und beides bewahrt hatten. Diesen Augen konnte man Geheimnisse anvertrauen; sie würden nicht überrascht oder entsetzt wirken, wenn man ihnen etwas Ungeheuerliches verriet. Augen, die alles schon gesehen hatten, denen nichts Menschliches fremd war.

Dr. Livingston atmete tief ein und reckte die Schultern.

»Wer hat gewußt, daß Agnes schwanger war?« stellte sie unvermittelt ihre erste Frage.
»Niemand.«
»Wie hat sie es vor den anderen Nonnen geheimgehalten?«
»Sie hat sich allein ausgezogen und allein gebadet.«
»Ist das üblich?«
»Ja.«
»Wie hat sie es tagsüber verborgen?« fragte Martha.
Mutter Miriam Ruth nahm eine Falte ihrer schweren, weiten Tracht zwischen die Finger und schüttelte sie ein wenig. »Sie hätte ein Maschinengewehr unter der Tracht verstecken können, wenn sie gewollt hätte.«
»Und ist sie während der ganzen Zeit ihrer Schwangerschaft nie körperlich untersucht worden?«
Die Oberin legte den Kopf auf die Seite und betrachtete Dr. Livingstone mit großer Gelassenheit. »Wir werden einmal jährlich untersucht. Ihre Schwangerschaft fiel zwischen die beiden Besuche des Arztes.«
»Wer war der Vater?« fragte Martha.
»Ich habe nicht die leiseste Ahnung«, erwiderte die Oberin leise.
Mit einer scharfen Bewegung ihres Handgelenks schnippte Dr. Livingston den Zigarettenstummel durch das offene Fenster und ging dann in die Mitte des Raums. »Welche Männer hatten denn Kontakt mit ihr?«
»Keine, soweit ich das beurteilen kann.« Ein schwaches, bitteres Lächeln umspielte einen Augenblick lang die Lippen der Mutter Oberin. Aber es mußte ja einen Mann gegeben haben, sagte dieses Lächeln.
»Vielleicht ein Priester?« bohrte Martha.
Mutter Miriam Ruth zog die Brauen hoch. »Ja, wir

werden gelegentlich von einem Priester besucht, aber ich verstehe nicht –«

Jetzt war es an Dr. Livingston, zu unterbrechen. »Wie heißt der Priester?«

Die Oberin lachte, ein volles, fast dröhnendes Lachen, das den Raum erfüllte. »Pfarrer Martineau«, sagte sie lachend. »Aber ich kann ihn mir kaum als geeigneten Kandidaten vorstellen.«

»Kann es jemand anders gewesen sein?«

Das Lächeln auf dem Gesicht der Oberin erstarb. »Offensichtlich muß es jemanden gegeben haben«, sagte sie leise, und ihre Miene wirkte plötzlich verschlossen.

»Haben Sie denn nicht versucht herauszufinden, wer das sein könnte?« *Ich darf nicht lauter werden und nicht die Stimme heben,* sagte sich Martha. *Ich muß so objektiv wie möglich bleiben.*

»Glauben Sie mir«, begann die Oberin und breitete dabei die Hände aus, »ich habe alles getan, was ich konnte, außer daß ich Agnes fragte –«

»Warum haben Sie sie nicht gefragt?« unterbrach Martha scharf, und alle Vorsätze, Ruhe und Objektivität zu bewahren, schienen vergessen.

Mutter Miriam Ruth stand mit großer Würde auf und glättete das Ordensgewand. Dann schaute sie Dr. Livingston direkt in die Augen und erwiderte mit Nachdruck: »Sie erinnert sich nicht einmal an die Geburt. Glauben Sie, sie würde den vorausgegangenen Akt zugeben?«

Martha bemühte sich um Besonnenheit. »Schauen Sie«, sagte sie so ruhig wie möglich, *»irgend jemand muß doch dieses Kind gezeugt haben ...«*

»Aber das war vor zehn Monaten. Ich verstehe nicht, wie die Identität dieses Jemand irgend etwas mit diesem

Prozeß zu tun haben kann«, entgegnete Mutter Miriam Ruth ruhig. Es war, als habe sie inzwischen die Befragung übernommen.
»Warum glauben Sie das?« wollte Dr. Livingston wissen.
»Stellen Sie mir nicht solche Fragen, meine Liebe. Ich bin nicht Ihr Patient.«
Fast verzweifelt kämpfte Martha darum, die Situation wieder unter Kontrolle zu bekommen. »Aber ich bin der Psychiater!« erwiderte sie. »Ich bin diejenige, die zu entscheiden hat, was hier wichtig ist und was nicht!« Sie funkelte Mutter Miriam Ruth an, und die Oberin erwiderte den wütenden Blick.
»Hören Sie, Doktor«, sagte die Oberin dann steif, »ich weiß nicht, wie ich es höflich ausdrücken soll, aber Ihre Art gefällt mir nicht. Das ist natürlich nicht persönlich gemeint, aber –«
»– gegen die Wissenschaft der Psychiatrie«, fuhr Dr. Livingston dazwischen und beendete den Satz der Oberin.
Die weiße Haube bewegte sich leicht auf und ab, und die Stimme der Oberin klang jetzt überraschend streng. »Ja. Ich erwarte, daß Sie sich mit Agnes so kurz und so ruhig wie möglich befassen. Das Mädchen dürfte keinesfalls einer Art Verhör gewachsen sein.«
Martha verspürte einen Stich gerechten Zorns in sich. »Ich bin nicht die Inquisition«, bemerkte sie spöttisch.
»Und ich lebe nicht im Mittelalter«, erwiderte die Oberin mit unerwarteter Schärfe. »Ich weiß, was Sie sind. Und ich will nicht, daß man Agnes' Persönlichkeit seziert.«
Mit drei oder vier schnellen Schritten ging sie zur Tür und öffnete sie. Draußen stand Schwester Marguerite und schaute betroffen drein, als ob man sie beim Lauschen ertappt hätte, was ja auch der Fall war.

»Schwester Marguerite«, ordnete die Oberin an, »rufen Sie Schwester Anne hierher und bitten Sie sie, Dr. Livingston in das neue Zimmer von Schwester Agnes zu führen.«
Ohne ein weiteres Wort ging Dr. Livingston an der Oberin vorüber und hinaus in die Halle, um dort auf Schwester Anne zu warten.

Schwester Anne, die zweite »Außenschwester«, war ganz anders als Schwester Marguerite. Sie wirkte nicht boshaft, sondern eher eingeschüchtert, und wurde von Schwester Marguerite terrorisiert. Anne war Mitte vierzig, sehr einfachen Gemüts, das Gesicht von Falten gezeichnet, die von ihrer Kurzsichtigkeit oder von Schmerzen stammen mochten. Sie trug eine Brille mit dicken Gläsern und litt ganz offensichtlich an starker Migräne.
Auch jetzt schien sie Schmerzen zu haben, denn während sie schweigend vorausging, preßte sie ihre rechte Hand gegen die Schläfe, als könne sie dadurch den Druck auf ihren Kopf lindern. Ihr Schweigen konnte ebenso von den Kopfschmerzen wie von ihrer Schüchternheit verursacht werden, vielleicht auch von den Ordensregeln, die den Schwestern unnötige Gespräche untersagten.
Während Martha Schwester Anne über die Steintreppen und durch die hallenden Gänge folgte, fiel ihr wieder die Stille des Ortes auf. Das war nicht die Stille der Meditation und Kontemplation, das war die Stille einer alles umfassenden Leere. Das weitläufige Kloster war in diesen Tagen nur noch mit wenigen Nonnen besetzt. Es war in einer Zeit erbaut worden, als das Bedürfnis, sein Dasein Gott zu weihen und ein religiöses Leben zu

führen, noch sehr stark ausgeprägt gewesen war, namentlich unter Mädchen, die nicht zum Heiraten bestimmt waren. Jetzt, im Jahre 1984, nahmen in Not geratene Seelen weniger häufig Zuflucht bei Gott als in der Psychiatrie, im Alkohol, in Drogen, im Sex und in anderen Ausschweifungen. Viele Zellen des Klosters waren versiegelt.

Nur hier und da begegneten sie einer Nonne. Schwester Therese, eine kräftige, vierschrötige, bäuerliche Frau Mitte der Sechzig, schrubbte eifrig die Stufen und funkelte die beiden an, die es wagten, ihre frischgesäuberte Treppe zu betreten. Ein junges, häßliches, pockennarbiges Mädchen, das ein anderes Ordensgewand und die Haube einer Novizin trug – die einzige Novizin, über die das Kloster zur Zeit verfügte –, kam an ihnen vorüber und brachte einen Eimer Seifenlauge für Therese. Das war Geneviève, die in ein paar Monaten den Schleier nehmen und dann Schwester Geneviève werden würde, die erste Nonne, die in diesem Jahr dem Kloster beitrat. Als Dr. Livingston sie grüßte, errötete das Mädchen und senkte den Kopf in schweigender Erwiderung. Es war scheu gegenüber jedem, ausgenommen Mutter Miriam Ruth, die es verehrte.

Von oben, vermutlich aus dem zweiten Stock, hörte Martha eine Frauenstimme, die mit bemerkenswerter Reinheit ein Gloria sang. Die lateinischen Worte drangen zu ihnen herunter, klar und voller Leidenschaft.

Gloria in excelsis Deo
Et in terra pax hominibus bonae voluntatis . . .

Martha übersetzte in Gedanken die Worte, fast unwillkürlich. Ehre sei Gott in der Höhe und Friede auf Erden den Menschen, die guten Willens sind . . . Wer

das auch sang, diese Frau verfügte über die Stimme wie die eines Renaissance-Engels.
Sie hatten den zweiten Stock erreicht; und der Gesang zur Ehre Gottes drang lauter an ihr Ohr.
Laudamus te
Benedicamus te
Adoramus te
Glorificamus te...
Sie gingen den langen Korridor entlang, während die engelhafte Stimme immer mehr anschwoll. Schließlich blieb Schwester Anne vor einer geöffneten Tür stehen, verbeugte sich vor Martha und verschwand geräuschlos.
Martha trat an die Tür und schaute in die Zelle hinein.
Das »neue Zimmer« von Schwester Agnes war nicht anders als es sich die Psychiaterin vorgestellt hatte. Nackte, weiße Wände, ein schmales, hartes Bett, ein kleiner Tisch mit einem Krug Wasser und einem Bekken zum Waschen. Eine Kommode zum Aufbewahren der wenigen persönlichen Besitztümer: das zweite Habit, eine Ersatzhaube, Unterkleidung ... An der Wand ein einfaches hölzernes Kruzifix mit einer unbemalten, grob geschnitzten Jesusfigur.
Der Raum, der nach Westen hinausging, wurde von der Sonne erhellt, von den letzten Strahlen des Nachmittags. Auf dem Fensterbrett saß ein junges Mädchen, das in seinem Gesang Gott aus voller Kehle pries. Die Sonne fiel auf ihr Gesicht und verlieh ihm die ätherische Schönheit eines mittelalterlichen Gemäldes. Schwester Agnes.
Sobald sie die Psychiaterin an der Tür bemerkte, unterbrach die junge Nonne ihren Gesang und drehte sich um. Es war das Gesicht, das Martha von dem Zeitungsphoto kannte: die gleiche Reinheit, die gleichen, weit

offenen, ängstlichen Augen. Die Pupillen so groß, daß die Farbe der Augen auf den ersten Blick nicht zu erkennen war.
»Hallo«, sagte Schwester Agnes und rutschte vom Fensterbrett.
»Hallo. Ich bin Doktor Livingston. Man hat mich gebeten, mit Ihnen zu sprechen. Darf ich?«
»Ja.«

3

Martha blieb an der Tür stehen; Schwester Agnes sollte nicht das Gefühl bekommen, von ihr bedrängt zu werden. Das Mädchen schien kaum älter als achtzehn oder neunzehn zu sein; seine Haut war weiß und glatt, und seine Augen hatten einen etwas entrückten Ausdruck, als könne es etwas sehen, was für alle anderen unsichtbar war.
»Sie haben eine schöne Stimme«, begann Martha.
»Nein, habe ich nicht«, antwortete Agnes.
»Ich habe Sie doch eben gehört.«
Das Mädchen schüttelte den Kopf. »Das war ich nicht«, behauptete es mit mehr Nachdruck.
»War es vielleicht Schwester Marguerite?« scherzte die Psychiaterin, doch Schwester Agnes blieb ernst, sie zeigte nicht einmal den Hauch eines Lächelns.
»Sie sind sehr hübsch, Agnes.«
Diesmal erschienen ein paar kleine Falten zwischen den hellen, glatten Augenbrauen. »Nein, bin ich nicht.«
»Hat Ihnen das noch nie jemand gesagt?« fragte Martha leise.

Die Falten vertieften sich. »Ich weiß nichts davon.«
»Dann sage ich es Ihnen jetzt. Sie sind sehr hübsch und haben eine wundervolle Stimme.«
»Sprechen wir über etwas anderes.« Offensichtlich fühlte sich Agnes unbehaglich, wenn man ihr Komplimente machte.
Aber es war eine gute Eröffnung, dieses Angebot, über »etwas anderes« zu sprechen, und die Psychiaterin ging gern darauf ein. Langsam schloß Martha die Tür des Raums und blieb dann ein paar Sekunden lang mit dem Rücken zu dem Mädchen stehen, das sie ausdruckslos mit dem unergründlichen Augen betrachtete.
»Worüber möchten Sie denn sprechen?«
»Ich weiß es nicht.«
»Irgend etwas«, sagte Martha ermutigend. »Was Ihnen gerade so einfällt.« Es war ein Standard-Verfahren in der Psychiatrie, die Aufforderung an den Patienten, sich frei seinen Assoziationen hinzugeben.
Agnes richtete ihr blasses Gesicht auf das Kruzifix an der Wand über ihrem Bett. »Gott«, sagte sie so leise, daß es fast geflüstert war. »Aber über Gott gibt es nichts zu sagen.«
Dr. Livingston ging langsam zu dem anderen Fenster, ohne dabei den Blick von der jungen Nonne abzuwenden. Jetzt schauten sich die beiden Frauen an, saßen fast nebeneinander auf den beiden Fensterbrettern.
»Das zweite, was Ihnen einfällt.«
»Liebe«, erwiderte Agnes.
»Haben Sie schon einmal jemanden geliebt, Agnes?«
»Gott«, erwiderte das Mädchen todernst.
»Ich meine, einen anderen Menschen«, drängte die Ärztin.

Jetzt lächelte Agnes zum erstenmal, und ihr Gesicht war wie von innen erleuchtet. »O ja«, flüsterte sie.
»Wen?«
»Jeden.« Das glatte, weiße Gesicht wirkte exaltiert.
»Aber wen im besonderen?« drängte Martha.
»Jetzt gerade?« fragte Schwester Agnes.
»Ja.«
»Ich liebe Sie.«
Diese Antwort hatte Martha allerdings nicht erwartet, und sie brachte sie ein wenig aus der Fassung. Sie versuchte, sich die schreckliche Vorstellung des erdrosselten Babys mit dem blau angelaufenen Gesicht und der heraushängenden Zunge, ein Bild, das sie zuvor gequält hatte, wieder ins Gedächtnis zu rufen, aber es war unmöglich, es in Verbindung zu bringen mit diesem hübschen, lächelnden Mädchen, das mit einer Engelsstimme sang, unergründliche Augen hatte und im Fensterrahmen saß wie die Madonna auf einer alten flämischen Darstellung.
»Aber haben Sie jemals einen Mann geliebt? Ich meine, außer Jesus Christus?«
»O ja.«
Vielleicht kamen sie jetzt endlich einen Schritt weiter. »Wen?«
Agnes strahlte. »Ach, es gibt so viele!« rief sie aus.
Martha brachte den einzigen Namen ins Gespräch, der dafür in Frage kam. »Lieben Sie zum Beispiel Pfarrer Martineau?«
Der Name rief ein zartes Rosa auf die Wangen. »O ja!«
»Glauben Sie, daß er Ihre Liebe erwidert?«
»Ich weiß es.«
»Hat er Ihnen das gesagt?« fragte die Ärztin scharf, den Blick unverwandt auf Agnes' Gesicht gerichtet.

»Nein«, antwortete das Mädchen langsam. »Aber ich sehe es, wenn ich in seine Augen schaue.«

»Sind Sie jemals mit ihm allein gewesen.«

»O ja.«

Martha hielt den Atem an. »Oft?«

»Mindestens einmal die Woche.« Das Lächeln der jungen Nonne war strahlend und von einer ätherischen Freude erfüllt angesichts der Erinnerung. Zweifellos hegte sie starke Gefühle für den Priester. Aber wurden diese Gefühle erwidert? War es denkbar, daß der Priester als Vater des Kindes einer Nonne in Betracht kam? Die Oberin hatte gelacht, als die Psychiaterin diesen Verdacht geäußert hatte. Aber war er wirklich so abwegig?

Dr. Livingston erwiderte das Lächeln des Mädchens. »Hat Ihnen das Spaß gemacht? Ich meine, ihn jede Woche zu sehen?«

Schwester Agnes hatte die schlanken Finger so stark ineinander verschränkt, daß die Knöchel wie eine Hügelkette hervorstanden. »O ja.«

»Wo haben Sie sich mit ihm getroffen?«

»Im Beichtstuhl.«

Es war, als ob die Luft aus einem Ballon entwichen wäre. Martha glaubte so dicht drangewesen zu sein – und jetzt schien die Wahrheit, oder was auch immer, noch weiter entfernt zu sein als je zuvor; ihrem Zugriff entzogen. Sie atmete tief ein. Haben Sie ihn auch außerhalb des Beichtstuhls getroffen?«

Das Lächeln schwand aus dem Gesicht der Nonne; sie stand auf, trat vom Fenster und von Dr. Livingston zurück. Die Sonne war fast untergegangen, und in dem Raum wurde es langsam, aber merklich dunkler. Im Zwielicht leuchtete das helle Gesicht von Schwester Agnes wie der aufgehende Mond.

»Sie möchten, daß ich über das Baby spreche, nicht wahr?«
»Wollen Sie denn darüber sprechen?« fragte Martha leise. Vor dem schwarzen Nonnengewand, das Agnes trug, flatterten ihre Hände wie ein Paar aufgeregter weißer Nachtfalter. »Ich habe kein Baby gesehen. Ich glaube, das haben Sie sich alles nur ausgedacht.«
»Aber warum?« fragte die Psychiaterin logischerweise. Agnes wandte das Gesicht ab. »Ich weiß es nicht«, antwortete sie mit einer Stimme, die gedämpft war vor Angst und etwas anderem, was Martha noch nicht identifizieren konnte.
»Erinnern Sie sich an den Abend, als es angeblich gekommen ist?«
»Nein. Mir war übel.«
»Wie übel?«
»Ich muß etwas gegessen haben.«
»Hat es weh getan?« fragte die Ärztin leise.
»Ja.«
»Wo?«
Die junge Nonne wurde noch aufgeregter; die Augen brannten in ihrem Gesicht. Flatternde Hände hielten an der Taille inne, zögerten, zeigten dann weiter nach unten. »Dort.«
»Und was haben Sie gemacht?« fragte Dr. Livingston so sanft, wie sie es vermochte.
»Ich bin in mein Zimmer gegangen.«
»Was ist dort geschehen?«
»Mir ist noch übler geworden«, sagte Agnes knapp. Sie machte ein paar Schritte in Richtung auf die Tür, als ob sie sie aufreißen und den Korridor entlanglaufen wollte, weg von der Qual dieser bohrenden Fragen.
»Und dann?«

»Dann bin ich eingeschlafen.«

Martha riß vor Überraschung die Augen weit auf. »Trotz Ihrer Schmerzen?«

»Ja.«

Wie kann ich etwas von dem glauben, was sie sagt? Hält sie das für die Wahrheit, hat sie bei dem, was geschehen ist, einen Gedächtnisverlust erlitten? Oder ist sie eine abgefeimte Lügnerin? Die Oberin hatte behauptet, Agnes könne sich nicht an die Geburt erinnern; wäre es möglich, daß es diesem jungen Mädchen gelungen war, eine so intelligente Frau wie Mutter Miriam Ruth zu täuschen?

»Aber woher ist das Baby dann gekommen?« fragte die Psychiaterin in verständnisvollem, mildem Ton.

Inzwischen hatte sich Schwester Agnes in die dunkelste Ecke des Raumes zurückgezogen wie ein in die Enge getriebenes, erschrecktes Tier. »Was für ein Baby?«

»Das Baby, das sich die anderen ausgedacht haben«, erwiderte Martha.

»Es ist aus ihren Köpfen gekommen.«

»Haben sie das behauptet?«

»Nein, sie haben gesagt, es kommt aus dem Papierkorb.«

»Und davor – woher ist es da gekommen?«

Einen Pulsschlag lang zögerte sie, dann sprach Agnes mit rauhem Flüstern: »Von Gott.«

Aber damit gab sich Dr. Livingston nicht zufrieden. »*Nach* Gott und *vor* dem Papierkorb, meine ich!« erklärte sie kurz und bündig.

»Ich verstehe nicht«, stammelte Agnes.

»Wie werden Babys denn normalerweise geboren?«

»Wissen Sie das nicht?« schoß die Nonne zurück.

»O doch, ich weiß es, Agnes, aber ich möchte, daß Sie es mir sagen.«

Wie ein gequältes Tier, das angreift, wenn es keinen Ausweg mehr sieht, explodierte Schwester Agnes: »Ich habe keine Ahnung, wovon Sie reden!« Ihre Stimme war ein schriller Schrei. »Sie wollen nur über das Baby reden. Ein jeder will über das Baby reden, aber ich habe das Baby nie gesehen, also kann ich auch nicht darüber reden, weil ich nicht glaube, daß es dieses Baby gegeben hat!« Sie keuchte jetzt, und ihre Augen rollten wild in den Höhlen. Die Psychiaterin merkte, daß sie am Rand eines hysterischen Anfalls war. Dr. Livingston stand auf und ging auf die junge Nonne zu, versuchte, sie zu beruhigen. »Dann sprechen wir über etwas anderes.«
Aber Agnes war nicht in der Lage, sich zu beruhigen. »Nein!« schleuderte sie der Psychiaterin entgegen. »Ich bin es leid, immer wieder darüber zu reden. Seit Wochen rede ich, und keiner glaubt mir, was ich sage. Sie hören mir nicht einmal zu!« Das Mädchen verließ die Ecke und rannte zur Tür.
»Agnes, ich höre Ihnen zu.« Martha eilte ihr nach. »Das ist mein Beruf.«
Aber Schwester Agnes hatte bereits die Tür geöffnet und war draußen, lief rasch den Korridor entlang.
»Wäre es Ihnen lieber, wenn Sie die Fragen stellen?« rief ihr Dr. Livingston nach.
Agnes hielt inne und wandte sich der Psychiaterin zu. »Wie meinen Sie das?« fragte sie argwöhnisch.
Dr. Livingston breitete die Hände aus, mit nach vorn gekehrten Handflächen. »Einfach so. Sie fragen, ich antworte.«
Ein noch zögerndes Lächeln erschien auf dem Gesicht des Mädchens. Agnes sah aus wie ein Kind, dem man etwas Unglaubliches, Wunderbares versprochen hat. »Und ich darf alles fragen?«

»Alles.« Martha erwiderte das Lächeln.

Die Rückfahrt nach Montreal verlief bei völliger Dunkelheit, doch das machte Dr. Livingston nichts aus. Sie bemerkte es kaum; ihre Gedanken rasten, und sie mußte sich zusammenreißen, damit sie wenigstens einen Teil ihrer Aufmerksamkeit auf die Straße richtete, während sie versuchte, ihre Eindrücke zu verarbeiten. Die beiden, Schwester Agnes und die Oberin, waren so ganz anders gewesen, als es die Psychiaterin erwartete hatte; die eine so überirdisch, die andere so weltlich. Dr. Livingston fragte sich, ob Agnes ihr dem ersten Eindruck nach als geistig gesund erschien. Doch auf diese Frage fand sie keine definitive Antwort. Zunächst mußte sie herausfinden, ob die junge Nonne log oder ob das, was sie sagte, eine Art von Wahrheit war, die nur sie verstehen konnte und verstand. Und dann: Versuchte die Oberin, die Unschuld des Mädchens zu schützen, oder war sie bestrebt, ihre Schuld zu vertuschen? Wieder konnte die Psychiaterin keine endgültige Antwort finden.
Alles, was sie hatte, war eine verwirrende Sammlung von Eindrücken und die sichere Erkenntnis, daß Schwester Agnes keine gewöhnliche Nonne war und Mutter Miriam Ruth keine gewöhnliche Oberin. Darüber hinaus hatte sie einen zweiten Termin im Kloster, für den kommenden Tag.

Sie hielt ihr Versprechen und ließ diesmal Schwester Agnes die Fragen stellen.
»Wie heißen Sie genau?« fragte Agnes recht schüchtern.
»Martha Louise Livingston.« Martha lächelte.
Es war wieder ein goldener Oktobernachmittag, wärmer als an den vorausgegangenen Tagen. Dr. Livingston war

einige Stunden früher als beim letztenmal im Kloster angekommen, um mehr Zeit mit Agnes verbringen zu können. Es drängte sie, diesen Fall zu einem Ende zu bringen und zurückzukehren zu ihrem üblichen Leben und ihrer privaten Praxis. Abgesehen davon, fand sie es recht unangenehm, sich in Klöstern aufzuhalten und jedesmal das schmerzverzerrte Gesicht des Gekreuzigten zu sehen, wenn sie sich eine Zigarette anzünden wollte.
Sie gingen über ein Feld spazieren, das zum Klostergrund gehörte. Der Weizen war Ende August gemäht und in Garben aufgestellt worden. Ende September dann hatte man die Garben eingefahren, und jetzt lagen sie längst in der Scheuer, zum Dreschen bereit, während auf dem Feld nur die Stoppeln zurückgeblieben waren und eine überflüssig gewordene Vogelscheuche, die im steifen Herbstwind flatterte.
Agnes schritt fröhlich über das Stoppelfeld, als wäre es eine Wiese mit Klee und Margeriten. Dr. Livingston folgte ihr mit ein paar Schritten Abstand, rauchte und achtete darauf, daß der Wind nicht die Glut davontrug und die trockenen Stoppeln entfachte.
»Sind Sie verheiratet?« fragte Schwester Agnes arglos.
»Nein.«
»Wären Sie gern verheiratet?«
»Im Augenblick nicht, nein«, erwiderte Martha wahrheitsgemäß.
»Haben Sie Kinder?«
Dr. Livingston schüttelte den Kopf. »Nein.«
»Würden Sie gern welche haben?« Die Fragen, die Agnes mit großem Interesse stellte, wirkten kindlich in ihrer Einfachheit. War das nur Theater, oder war sie wirklich so schlicht? Martha sah sich noch nicht in der Lage, eine Entscheidung zu treffen.

»Ich kann keine mehr bekommen.«
»Warum nicht?«
Martha zögerte. »Weil – weil ich keine Menstruationen mehr habe«, gestand sie schließlich. *Sonderbar, daß ein solches Eingeständnis als schmerzlich empfunden wird. Warum eigentlich? Es ist ein ganz normaler Vorgang des Lebens. Dennoch tut es irgendwie weh, die Tatsache laut auszusprechen. Vielleicht, weil es ein Zeichen des Alterns ist, aber das kann noch nicht alles sein*... Martha empfand das quälende Gefühl, daß man ihr etwas genommen hatte, etwas Wichtiges, ohne das sie nicht mehr derselbe Mensch war wie zuvor.
Doch die Schmerz bereitenden Worte schienen für Schwester Agnes keine Bedeutung zu haben, denn sie ging ohne Kommentar darüber hinweg. Statt dessen fragte sie: »Warum rauchen Sie?«
»Ist es Ihnen unangenehm?« entgegnete Martha.
Agnes hielt warnend einen Finger hoch. »Keine Fragen«, erinnerte sie die Psychiaterin an ihre Vereinbarung.
Dr. Livingston räumte lächelnd ein, daß Agnes recht hatte. »Rauchen ist bei mir geradezu eine Besessenheit«, erklärte sie dann verdrießlich. »Wahrscheinlich höre ich erst mit dem Rauchen auf, wenn ich von etwas anderem besessen bin. Weitere Fragen?«
»Eine noch«, sagte Agnes. Die Vogelscheuche drehte sich im Wind, und dabei flatterten die Arme und Beine wie bei einem Grotesktänzer.
»Und was ist das für eine Frage?«
Das Mädchen wandte sich um und schaute der Psychiaterin ernst in die Augen. Im hellen Sonnenlicht war es möglich, die Farben von Agnes' Augen zu

erkennen, wenigstens die Farbe, die sie jetzt angenommen hatten, denn sie schienen sich je nach Helligkeit von Blaßgrau über Hellblau bis Schiefergrau zu verfärben.
»Woher kommen Ihrer Meinung nach die Babys?« fragte Schwester Agnes.
»Von ihren Müttern und Vätern natürlich. Und davor? Ich weiß es nicht.«
Agnes nickte, dann sagte sie vertraulich zu der Ärztin: »Also, ich glaube, sie kommen daher, daß ein Engel das Herz einer Mutter glücklich macht und ihr etwas Schönes ins Ohr flüstert. So beginnen die guten Babys zu wachsen. Böse Babys kommen daher, daß sich ein gefallener Engel dort unten hineinzwängt, und dann wachsen sie und wachsen, bis sie wieder unten herauskommen. Ich weiß nicht, wo die guten Babys herauskommen.« Sie brach ab und lief über das Stoppelfeld auf die Wiese, die dahinter lag, wobei ihre Ordenstracht wie ein Segel im Wind flatterte. Jetzt rief sie laut wie ein kleines Mädchen, und ihre Stimme wurde vom Wind erfaßt und in einzelne Geräuschfetzen zerrissen.
»Und man kann keinen Unterschied feststellen, nur daß böse Babys viel schreien und schuld daran sind, daß ihre Väter fortgehen und die Mütter sehr krank werden und manchmal sogar sterben! Mammi war nicht sehr glücklich, als sie starb, und ich glaube, sie ist in die Hölle gekommen. Weil, immer wenn ich sie sehe, sieht sie aus, als ob sie gerade aus einer heißen Dusche gekommen wäre!«
Agnes hatte einen Ahornbaum erreicht und blieb stehen, völlig außer Atem. Ihr Gesicht war wie von innen erleuchtet, die Augen glänzten ekstatisch. Als Dr. Livingston sie eingeholt hatte, fiel ihr ein, daß das grie-

chische Wort »Ekstase« im ursprünglichen Sinn »von seinem Platz verrückt« bedeutete. Die Gefühle von Schwester Agnes schienen ihr wirklich völlig abwegig in den achtziger Jahren des zwanzigsten Jahrhunderts, und ihre unschuldige Unwissenheit, was die Fakten des Lebens betraf, war nahezu undenkbar in dieser Zeit – vorausgesetzt, man konnte ihr glauben.
Agnes ließ sich am Stamm des Baumes entlang zu Boden gleiten, lag dann auf dem Rücken im Gras und schaute hinauf in die Sonne, deren Licht durch die wenigen Blätter, die noch an den Ästen hingen, gedämpft wurde. »Und ich weiß nie, ob sie es ist oder die Lady, die mir alles mögliche sagt. Sie kämpfen die ganze Zeit um mich. Ich meine die Lady, die ich zum erstenmal gesehen habe, als ich zehn war.« Sie streckte die Arme in die Höhe, als wolle sie die letzten Blätter pflücken. »Ich habe im Gras gelegen und hinaufgeschaut zur Sonne, und die Sonne ist eine Wolke geworden, und aus der Wolke wurde die Lady, und sie hat mir gesagt, daß sie mit mir reden möchte, und dann begannen ihre Füße zu bluten, und ich sah, daß sie Löcher in den Händen hatte und auch an ihrem Körper, auf der Seite, und ich versuchte, das Blut aufzufangen, als es aus dem Himmel tropfte, aber ich konnte auf einmal nichts mehr sehen, weil meine Augen so weh taten und weil große Flecken davor waren ...«
Das Mädchen ging völlig auf in seiner Vision. Dr. Livingston hatte nie zuvor ein solches Durcheinander aus kindlicher Phantasie, Freudschen Symbolismen und religiöser Hysterie gehört – wie die Stigmata der Wunden Christi und die »gefallenen Engel«, die sich »da unten hineinzwängen«. Waren ihre Visionen echt – oder war Agnes eine raffinierte Schwindlerin? Der Fall schien doch viel komplizierter zu sein, als sie angenommen hatte.

Dennoch, dieses Mädchen wirkte so ehrlich, ihre Augen waren so unschuldig...

»Und sie sagt mir alles mögliche«, fuhr Agnes fort, das Gesicht vor höchstem Entzücken strahlend, »wie zum Beispiel jetzt. Sie ruft ›Marie! Marie!‹ Aber ich weiß nicht, was das bedeutet.«

Marie! Erschrocken hielt Martha den Atem an, und ihr blieb das Wort in der Kehle stecken. Agnes setzte sich auf; ihre Augen richteten sich auf etwas, das Dr. Livingston nicht sehen konnte.

»Und sie benützt mich zum Singen. Es ist, als ob sie einen großen Haken in die Luft wirft, und der spießt mich unter den Rippen auf und versucht mich hochzuheben, aber ich kann mich nicht bewegen, weil Mammi meine Füße festhält. Und ich kann nichts anderes tun, als mit ihrer Stimme zu singen. Es ist die Stimme der Lady: Gott liebt dich.« Sie wandte sich Martha zu und war bleicher als je zuvor. »Gott liebt auch Sie«, sagte sie sehr leise.

»Kennen sie eine Marie?« fragte Martha beinahe tonlos.

»Nein«, antwortete Agnes. »Kennen Sie eine?«

»Warum ich?« *Selbst in meinen eigenen Ohren klingt es wie Abwehr. Was ist denn mit mir los?*

»Ich weiß es nicht.« Agnes erhob sich auf die Knie und war dabei, aufzustehen.

»Hören Sie oft diese Stimmen?« fragte die Ärztin.

Aber Schwester Agnes stand vor ihr und klopfte sich das Gras und das Laub von ihrem Gewand. »Ich möchte jetzt nicht mehr reden«, erklärte sie wieder in normalem Ton. »In Ordnung?« Dann ging sie auf das Kloster zu. Das Gespräch war beendet.

Martha Livingston drückte sorgsam ihre Zigarette auf der Erde aus und achtete darauf, daß keine Glut mehr blieb.

Dann nahm sie sicherheitshalber den Stummel, riß das Papier auf und ließ den Tabak herausrieseln. Dabei schaute sie Schwester Agnes nach, die über die Felder ging, ruhig und gelassen, als ob nichts geschehen wäre.

4

Die Oberin wartete auf Dr. Livingston in ihrem Büro, wobei Schwester Marguerite ebenfalls anwesend war. Mutter Miriam Ruth begrüßte Martha sehr freundlich; sie stand auf und kam um den mit Akten und Papieren überladenen Schreibtisch herum und schüttelte der Psychiaterin die Hand.
»Nun, was glauben Sie?« fragte sie mit einem schlauen Blick und einem etwas schiefen Lächeln. »Ist sie völlig übergeschnappt, ist sie nur ein bißchen seltsam – oder ist sie vielleicht ganz normal und eine perfekte Lügnerin?«
»Was ist denn Ihre Meinung?« wich Martha aus.
Die Oberin überlegte einen Augenblick. »Nun... Ich glaube nicht, daß sie verrückt ist. Und auch nicht, daß sie lügt.«
Großartig, dachte Martha. *Was bleibt uns dann? Die Unbefleckte Empfängnis? Gleich wird sie mir einreden, daß drei Weise aus dem Morgenland auf ihren Kamelen hier vorbeigekommen sind.* Laut dagegen fragte sie: »Aber wie kann sie ein Kind bekommen haben, ohne irgend etwas über Sexualität und über Geburt zu wissen?«
»Sie weiß nichts, weil sie unschuldig ist«, entgegnete die Oberin ernst. »Sie ist ein reines Wesen, das nur von Gott berührt wurde.«
»Bockmist«, knurrte die Ärztin halblaut.

Schwester Marguerite bekreuzigte sich augenblicklich mit heftiger Bewegung, aber Mutter Miriam Ruth zuckte nicht mit der Wimper. Statt dessen wurde ihre Stimme weicher, und ihre großen, dunklen Augen blickten gütig und sanft. »In ihrem Fall ist es kein Bockmist. Ihre Mutter hat sie fast nie aus dem Haus gelassen. Sie besitzt kaum Schulbildung. Nachdem ihre Mutter starb, ist Agnes zu uns gekommen.«

»Sie war niemals draußen im Leben, Doktor Livingston«, bekräftigte Schwester Marguerite. »Sie hat nie ferngesehen, ist nie im Kino gewesen. Und sie hat nie ein Buch gelesen.«

»Aber wenn sie so unschuldig ist, warum hat sie dann ihr Kind ermordet?«

»Hat sie nicht!« schrie Mutter Miriam Ruth aufgebracht. »Es geht um Totschlag, nicht um Mord!«

Dann schloß sie die Augen; die Farbe wich aus ihrem Gesicht, während sie in Gedanken diese Nacht noch einmal durchlebte. Ihre Stimme war rauh, als sie die schreckliche Geschichte berichtete, und die Oberin atmete mühsam, als ob sie unter Qualen jedes einzelne Wort ihrer Erinnerung entreißen müßte.

Martha hörte zu, halb fasziniert, halb entsetzt, die Erzählung war so lebendig, daß sie sie nur selten mit einer Frage unterbrach.

»Es war dunkel, und wir waren schon zu Bett gegangen, als die Schreie begannen. Es war schrecklich anzuhören, ein Schrei nach dem anderen, Agonie, umgesetzt in Geräuschwellen. Ich wußte nicht, woher es kam. Ich packte eine Lampe und lief damit den Korridor entlang, hielt sie hoch vor mich hin. Das Petroleum schwappte aus der Lampe, aber ich konnte mich nicht darum kümmern, trotz der Feuergefahr, weil sich die Schmerzensschreie in mein Gehirn schnitten. Hinter mir hörte ich Schwester Marguerite laufen. Die anderen Nonnen hatten sich verwirrt auf dem Gang versammelt. Sie riefen mir in Französisch zu, als ich an ihnen vorüberrannte: ›Was ist? Was ist los? Wer schreit denn da? Mutter, bitte sagen Sie uns, wer da so schreit. *Mère, je vous en prie!*‹

Mit halbblinden Augen sah ich die Novizin, Schwester Geneviève, die sich an die Wand kauerte, die Haube völlig zerzaust. Sie ging so langsam zur Seite, daß ich sie in meiner Hast beinahe umgestoßen hätte, doch ich drückte sie nur zur Seite. Rings um mich hörte ich das Latein der Gebete. Schwester Elisabette und Schwester Geraldine, die eine fast blind, die andere beinahe taub, lagen auf den Knien und drehten ihre Rosenkränze zwischen den Fingern. Sie sind beide hoch in den Siebzigern und sabberten beinahe vor Entsetzen, wobei ihre Lippen bebten, als sie das Vaterunser sprachen. Keiner außer Schwester Marguerite ist in Notfällen zu gebrauchen, und ich bin Gott dankbar dafür, daß wir sie haben, mag sie auch noch so übelgelaunt sein.

Der Korridor kam mir vor, als wäre er einen Kilometer lang, aber die Schreie waren immer lauter zu hören, und schließlich erreichten wir die Tür. Das Zimmer von Agnes. Ich wußte, daß die Schreie von dort kamen. Jetzt war es ein Stöhnen, leise und schrecklich, das sich mit den Schmerzensschreien mischte, und aus einem seltsamen Grund war das Stöhnen noch schrecklicher als die Schreie. Dann hörte das Stöhnen auf, und das war das Schrecklichste von allem. Ich packte den Türknopf, drehte ihn.

Die Tür ging nicht auf.«

»War sie verschlossen?« fragte Martha.

»Die Zimmer der Schwestern sind alle mit Schlössern versehen, aber sie werden nicht benutzt, da nur die Oberin über die Schlüssel verfügt. Agnes hätte sich also nicht einschließen können; dennoch gab die Tür nicht nach. Etwas Schweres lag dahinter und blockierte sie. Ich stemmte mich mit meinem ganzen Gewicht dagegen, aber ich bin nicht mehr so kräftig wie in jüngeren Jahren. Immer wieder versuchte ich, die Tür aufzudrükken, bis sie sich ein wenig öffnen ließ – weit genug, daß ich durch den Spalt schauen konnte. Schwester Marguerite, die kräftiger und schwerer ist als ich, hatte Mühe, die Tür weiter zu öffnen, aber ich konnte ihr nicht dabei helfen. Es war Schwester Agnes, die jetzt meine Hilfe brauchte.«

Jesus Christus, sei uns gnädig! Das Mädchen Agnes liegt auf dem Boden, blaß und still. Es hat Blut an ihrem Ordensgewand, Blut ist an den Wänden, auf dem Bett, eine Blutlache am Boden neben dem Bett. Nie im Leben habe ich so viel Blut gesehen. Kann all das Blut von einem einzigen Menschen stammen, von einer kleinen, zarten Nonne?

»Erst dachte ich schon, sie sei tot, denn sie rührte sich nicht. Aber nein, sie lebte. Sie atmete nur ganz schwach, doch das blutige Gewand bewegte sich leicht über der Brust.«

Wie lange dauert es, bis der Krankenwagen kommt? Lange genug, daß man eine Seele aus dem Fegfeuer betet.

»Als der Notarzt Agnes das Gewand vom Körper schnitt, hatte sie wieder das Bewußtsein verloren. Bei jeder Bewegung des Messers stieß Schwester Madelaine Marie einen Schrei aus, als bohre sich die Klinge in das Fleisch, nicht in den Stoff des Ordenskleids. Aber

Schwester Madelaine Marie ist über fünfundachtzig und senil, also halb verrückt.«

»Und dann?« fragte Martha atemlos.

»Endlich waren alle weg: der Krankenwagen mit den Blinklichtern und der heulenden Sirene und ein schwaches, blasses Mädchen, das man auf eine Bahre geschnallt hatte, mehr tot als lebendig. Jetzt blieb mir die Aufgabe, das zu tun, was unumgänglich war.

Aber meine Handvoll Nonnen stand noch auf dem Korridor, weinte und betete und stellte Fragen, auf die es keine Antworten gab. Ich ging wieder hinein in das Zimmer von Schwester Agnes, allein, doch Schwester Marguerite beobachtete mich von der Tür aus.«

Ich habe Angst vor dem, was mich erwartet.

»Ich hielt die Lampe hoch und sah mich in dem kleinen Raum um. Dort, unter dem Bett! Ich mußte mich bükken, um es herauszuziehen, denn es war schwer. Es war ein Papierkorb, und darin steckte das blutbesudelte Bettzeug.

Und noch etwas.

Etwas, ganz unten in dem Korb ... Unter dem Bettzeug – weich und feucht von Blut. Ich berührte es und stieß einen Schrei aus, ohne meine eigene Stimme zu hören.

Es war kalt.

Meine Hände waren mit Blut beschmiert, aber ich schlug das Kreuzzeichen über dem kleinen, toten Körper und flüsterte, auf französisch, die Worte des Taufsakraments.

Vielleicht, weil mir Latein zu schwer erschien für ein kleines, totes Baby.

»Und sie hat es ermordet?« flüsterte Martha mehr zu sich selbst.

»Es ist Totschlag, nicht Mord!« fuhr Mutter Miriam Ruth auf.

»Sie hatte viel Blut verloren und war ohnmächtig, als wir sie fanden«, fügte Schwester Marguerite hinzu.
»Also könnte es auch jemand anders getan haben«, mutmaßte Dr. Livingston nachdenklich.
Die Oberin schaute Dr. Livingston überrascht an. »Nicht in den Augen der Polizei«, sagte sie langsam.
»Aber in Ihren Augen?«
»Wir haben Ihnen berichtet, was wir vermuten«, antwortete Schwester Marguerite streng.
»Daß sie ohnmächtig war, ja. Also hätte sich leicht jemand in ihr Zimmer schleichen und es tun können.«
Schwester Marguerite schaute die Ärztin mit offenem Mund an. »Das glauben Sie doch nicht im Ernst?« fragte sie nach ein paar Sekunden.
Die Psychiaterin wandte sich an Mutter Miriam Ruth, die bisher gar nichts dazu gesagt hatte. »Es wäre doch möglich, oder?«
»Und wer?« fragte die Oberin.
»Eine von den Nonnen«, erwiderte Martha. »Sie hatte das Baby gefunden und wollte einen Skandal vermeiden.«
»Das ist absurd«, platzte die Oberin heraus.
»Niemand hat gewußt, daß Agnes schwanger war«, bellte Schwester Marguerite. *»Niemand. Nicht einmal Agnes selbst.«*
So kommen wir nicht weiter, dachte Martha. Das dreht sich alles immer wieder im Kreis, und in seinem Zentrum steht die Behauptung der Oberin, Schwester Agnes sei völlig unschuldig, für sie sei weder die Geburt noch der Tod des Babys Realität. Man erwartet von mir, daß ich diese Theorie als Ganzes schlucke, ohne daran zu ersticken, und offiziell erkläre, die kleine Nonne sei nicht in der geistigen Verfassung, vor Gericht aufzutreten...
Es war zum Verrücktwerden. Martha nahm einen tiefen

Zug aus ihrer Zigarette und sah sich nach einem Aschenbecher um. Natürlich gab es keinen – was dachte sie denn? Das hier war ein Kloster, kein Café. Sie schnippte die Asche in den kleinen Drahtbehälter, der als Papierkorb und Abfalleimer diente und neben dem Schreibtisch der Oberin an der Wand stand. Mein Gott, wie froh wäre sie gewesen, wenn sie diesen Fall schon hinter sich gehabt hätte!

Der Tag war wieder klar und heiter, und die Sonne stand hoch am Himmel, als Dr. Livingston das Kloster der Kleinen Schwestern von Maria Magdalena verließ. Sie empfand nichts als eine alles überlagernde, verzweifelnde Frustration. Zweimal hatte sie mit Schwester Agnes gesprochen und war dabei einer Entscheidung um keinen einzigen Schritt nähergekommen. Wenn es so weiterging, würden sie beide alt und grau werden, bevor Martha wußte, ob Agnes verrückt oder für ihre Tat verantwortlich war.

Aber es gab nun einmal Details in diesem Fall, die einfach nicht zusammenpaßten. Dabei ging es nicht um die scheinbare Unantastbarkeit dieses bemerkenswerten ›Mystizismus‹, den Agnes entwickelt hatte, sondern vielmehr um harte Fakten, die keinen Sinn ergaben. Ob Agnes es glaubte oder nicht, sie hatte ein Baby aus Fleisch und Blut geboren, und das bedeutete, daß es irgendwo einen Vater aus Fleisch und Blut geben mußte. Auch wenn die junge Nonne auf sexuellem Gebiet völlig unschuldig war, irgendwo mußte sie sich ja wohl mit diesem Mann getroffen haben. Wenn sie nicht hinausgekommen war, und wenn es für ihn keinen Zutritt zum Kloster gegeben hatte, wie Mutter Miriam Ruth beschworen hatte, woher, in Gottes Namen, stammte dann das Baby? Es war ja nicht auf dem St.-Lorenz-Strom heruntergeschwommen, und der Storch hatte es wohl auch nicht gebracht. Wie konnte Martha glauben, daß die Oberin, eine welterfahrene und aufgeklärte Frau, erst viel zu spät dahintergekommen war, daß die kleine Mystikerin etwas im Ofen hatte? Nein, da stimmte einiges nicht zusammen.

Verdammt, ich bin Psychiater, kein Detektiv. Es ist nicht meine Sache, diesen Fall aufzuklären, mich betrifft nur der Geisteszustand der Angeklagten. Dennoch – ich glaube, ich habe ein paar Fragen an diesen Pfarrer Martineau, den Priester, der wöchentlich das Kloster besucht. Er ist der einzige Mann, der regelmäßig Zugang hat zu den Nonnen, und ich habe nicht vergessen, wie Schwester Agnes strahlte, als sie seinen Namen hörte. Wie spät ist es? Noch nicht zwei. Zum Teufel, ich habe doch genügend Zeit, warum also nicht?

Sie riß das Lenkrad scharf nach links, wendete den Wagen und fuhr wieder zurück in Richtung Süden, bog etwa eine Meile vor der Zufahrt zum Kloster ab und fuhr weiter nach Berthierville.

Ein kleines Dorf im Herzen der Provinz Quebec, erinnerte Berthierville den Reisenden an die Dörfer in Frankreich. Auch hier waren alle Häuser aus einheimischem, roh behauenem Stein gebaut; Straßen mit Kopfsteinpflaster und kleine, einladende Plätze, von denen einer sogar über einen Brunnen verfügte. Auch der Baumbestand ließ an Frankreich denken: Lärchen, Linden und Pappeln, neben den unvermeidlichen kanadischen Ahornbäumen. Es war, als kehre man an einen anderen Ort und in eine andere Zeit zurück, wenn man die alten Häuser sah und die Fahrräder, die neben den Eingangstüren lehnten. Die einzige Konzession an die achtziger

Jahre dieses Jahrhunderts waren ein paar Lastwagen und die Fernsehantennen auf jedem Hausdach.
Wie gewöhnlich, überrragte die katholische Kirche alle anderen Bauwerke des Dorfes, und das kleine Pfarrhaus, in dem der Priester wohnte, stand gleich nebenan. Martha hielt an und stieg aus. Dann ging sie auf die Tür des Pfarrhauses zu, wobei ihr einfiel, daß sie ihre Zigarette ausmachen sollte. Sie warf sie zu Boden und zertrat den Stummel zwischen den Steinen des Plattenweges.
Martha zog heftig an der Türglocke, zuckte dann zusammen, als die das laute Scheppern der Glocke hörte.
Die Tür wurde geöffnet von einer Frau in mittleren Jahren mit zerknitterter Schürze und Lockenwicklern im Haar, der eine Zigarette im Mundwinkel hing.
»*Oui?*» fragte sie argwöhnisch.
»*Le père Martineau, est-il chez lui?*« fragte Martha.
»*Pourquoi?*« fragte die Haushälterin bärbeißig. Es war zu spüren, daß sie der Psychiaterin vom ersten Anblick mißtraute – es sei denn, sie verhielt sich gegenüber jedem, den sie nicht kannte, so feindselig.
»*Je suis ici sur l'avis de Mère Miriam Ruth du couvent*«, log Martha. Mutter Miriam Ruth hätte sich vermutlich schönstens bedankt, wenn sie erfahren hätte, daß Dr. Livingston hier in ihrem Namen herumschnüffelte und Fragen stellte.
Doch der Name der Oberin war das magische Wort, das Martha die Tür des Pfarrhauses öffnete. Die Haushälterin trat sehr ungnädig zur Seite und gewährte dem englisch sprechenden Störenfried Eintritt in ihre Küche. Immerhin gelang es ihr, das letzte Wort zu behalten.
»Streifen Sie sich die Füße ab«, zischte sie auf englisch.
Die Küche des Pfarrhauses war warm – zu warm. Selbst an diesem wunderschönen Tag flackerte ein bullerndes

Feuer im Herd. Der alte Tisch mit der Kiefernholzplatte war zerkratzt, aber makellos geschrubbt. Vier nicht zueinander passende Stühle standen um den Tisch herum, und ihre harten Sitze wurden ein wenig durch kleine Kissen mit bunter Kreuzsticharbeit gemildert. An einem Haken an der Wand hing eine Sammlung von Rosenkränzen und an der gegenüberliegenden Wand das Kruzifix mit einer einfach geschnitzten Christusfigur. Daneben hingen ein gerahmtes Photo von der Ankunft des Papstes in Kanada, offenbar aus der Sonntagsbeilage einer örtlichen Tageszeitung ausgeschnitten, eine Darstellung der Heiligen Therese von Lisieux und zwei Kalender. Der eine war ein Werbegeschenk des Bestattungsdienstes am Ort und verzeichnete alle katholischen Fest- und Fastentage. Der andere stammte vom hiesigen Fordhändler und zeigte ein vollbusiges, blondes Mädchen in einem winzigen Bikini am Strand.

Man hörte schwere Schritte, die sich der Küche näherten, und Martha drehte sich um. Herein kam der Pfarrer Martineau.

Martha war augenblicklich klar, warum die Oberin so sehr über ihren Verdacht gelacht hatte. Der Pfarrer hatte mindestens achtzig Jahre auf dem Buckel, kaum einen Zahn mehr im Mund, und seine alten, knorrigen Hände zitterten, die einen Stock umklammert hielten. Er konnte kaum aufrecht stehen. Um die Schultern hatte er sich einen Schal geschlungen, und Martha begriff, warum trotz des schönen Wetters Feuer im Ofen loderte: um diese alten Knochen zu wärmen. Eine wohlhabendere oder modernere Gemeinde hätte den alten Pfarrer schon vor zwanzig Jahren in Pension geschickt, aber hier in Berthierville war er vermutlich ein geliebtes Inventarstück.

Als er sie mit einem Lächeln begrüßte, verstand Martha auch, warum Schwester Agnes gestrahlt hatte, als sie seinen Namen erwähnte. Sein Lächeln war so liebenswert und unschuldig wie das eines Neugeborenen – und ebenso zahnlos. In einem Gesicht, das Falten hatte wie der Hals einer Schildkröte, leuchteten seine klugen, junggebliebenen Augen vor Güte und Verständnis. Man fühlte instinktiv, daß er alles verzeihen würde – ganz gleich, wie schrecklich das Bekenntnis, wie groß die Schuld sein mochte, Pfarrer Martineau würde die Absolution erteilen.

Natürlich war auch ihm der Fall der Schwester Agnes sehr gegenwärtig. Er hatte für sie gebetet wie für alle Nonnen in der Zeit ihrer Not. Er hatte auch für die Seele des toten Säuglings gebetet, dessen Unschuld dahingerafft worden war wie in den Tagen des Königs Herodes. Und natürlich erkläre er sich bereit, Martha alles zu berichten, was er wisse, obwohl das wenig genug sei. Aber zuerst müsse die Frau Doktor eine Tasse Kaffee mit ihm trinken.

Sie setzten sich an den Tisch mit der blankgeschrubbten Kiefernholzplatte. Der Kaffee war schwarz, enthielt Zichorie wie in Frankreich und wurde in schüsselförmigen Tassen ohne Henkel serviert, ebenfalls wie in der alten Heimat. Aus einem Schrank brachte der Pfarrer eine Flasche mit feinem irischem Whiskey zum Vorschein und gab einen Schuß davon in beide Tassen. »Das hält warm«, meinte er, obwohl es in der Küche mindestens fünfundzwanzig Grad waren.

»Les Petites Sœurs«, begann er mit einer überraschend jung klingenden Stimme, »stehen morgens um fünf auf und sind um neun Uhr abends im Bett. Sie arbeiten den ganzen Tag und ruhen nur während der Gebetzeiten aus.

Sie bestellen die Felder, wie Sie wissen. Nicht in großem Umfang wie früher, aber sie ziehen ihr eigenes Gemüse und daneben sogar noch etwas Getreide. Außerdem haben sie eine Kuh und Geflügel – für die Eier, die Milch und den Käse, denn sie essen kein Fleisch. Sie essen überhaupt sehr wenig. Sie haben ein paar Obstbäume und -sträucher, ausgezeichnete Früchte übrigens, Pflaumen und Birnen und mehrere Sorten von Beeren. Sie verkaufen sogar selbstgemachte Marmeladen. An der Zubereitung sind alle beteiligt, und Schwester Jeannine führt darüber genau Buch.«

»Kommen denn Besucher hin, die die Marmeladen kaufen? Ich meine, männliche Besucher?« wollte Dr. Livingston wissen.

»Nein, nein, es ist ein strenger Orden, der keine Besucher empfängt. Die paar Gläser Marmelade verkaufen sie auf dem Versandweg, wobei sie in den hiesigen Zeitungen Anzeigen aufgeben. Das Kloster der Kleinen Schwestern ist völlig der Meditation gewidmet, dem Fasten und dem Gebet. Selbst wenn ein Mann ihnen in die Nähe käme, würden sie vermutlich nur beten. Also lautet die Frage weniger, wie er hineinkommen sollte, sondern warum.«

»Und Sie sind also der einzige Mann, der sie besucht?«

»Ich garantiere Ihnen, Doktor, selbst wenn ich die Neigung hätte – wie könnte ich eine von ihnen – nun, verführen? Sie müßte eine sehr langsame Nonne sein und noch mehr Geduld haben.« Der alte Mann zwinkerte ihr amüsiert zu.

Martha lachte so sehr, daß sie sich an ihrem Kaffee verschluckte angesichts der Vorstellung, wie der arthritische Priester hinter der leichtfüßigen Agnes herhoppeln müßte.

»Es würde sogar zu lange dauern, um mir auch nur die technischen Einzelheiten in Erinnerung zurückzurufen«, kicherte Pfarrer Martineau. »Was nicht heißen soll, daß ich sie je erprobt hätte, natürlich.« Die beiden lachten, was Dr. Livingston sehr erleichterte nach den Spannungen der beiden letzten Tage.
»Nein«, fuhr der Priester fort, »sie sind schon besondere Menschen, diese Schwestern. Und es werden immer weniger, die sich der Ehre Gottes weihen.«
Danach saßen sie eine Zeitlang schweigend da, bevor Martha fragte, behutsam tastend: »Sie sind der Beichtvater von Schwester Agnes, nicht wahr?«
Das Lachen schwand aus dem Gesicht des alten Pfarrers, und er schaute die Psychiaterin ernst und ein wenig streng an. »Das Beichtgeheimnis ist heilig«, erinnerte er sie.
»Das weiß ich, aber hier geht es um sehr viel. Wenn ich in meinem Gutachten Schwester Agnes für geistig völlig gesund erkläre, wird sie sich vor Gericht für ihre Tat verantworten müssen. Wenn sie dann schuldig gesprochen wird, muß sie ins Gefängnis, vermutlich für lange Zeit. Und solange ich keinen ausreichenden psychiatrischen Beweis ihrer Unzurechnungsfähigkeit entdecken kann, bin ich gezwungen, sie als geistig gesund zu beurteilen. Die Sache drängt. Ich bitte Sie nicht, mir zu verraten, was sie Ihnen gebeichtet hat. Aber ich bitte Sie inständig, mir zu sagen, ob sie wirklich die große Unschuld ist, wie das Mutter Miriam Ruth zu glauben scheint. Ich habe Beispiele gesehen für diesen – diesen Mystizismus des Mädchens, bin aber nicht imstande, zu beurteilen, ob die Sache echt ist oder gespielt. Und selbst wenn sie echt wäre –, könnte ich Agnes dann bereits für nicht zurechnungsfähig erklären? Gilt sie dann als ver-

rückt? Ich muß gestehen, daß ich auf diesem Spezialgebiet kein großer Experte bin.« Dazu lachte sie ein wenig bitter.
Eine ganze Weile lang betrachtete der alte Priester die Ärztin ernst und nachdenklich, schien dabei ihre Worte abzuwägen. Dann begann er langsam zu sprechen, und seine Stimme klang nicht mehr so jung wie zuvor.
»Derartige Glaubensangelegenheiten sind äußerst kompliziert, allein schon, wenn sie nicht mit Totschlag in Verbindung stehen. Ich bin nicht berufen, ein Urteil über die Zurechnungsfähigkeit von Agnes zu fällen, und ich glaube, daß ich nicht einmal über ihre Seele urteilen kann, obwohl sie sich mir in der Beichte eröffnet hat. *Richte nicht, damit du nicht gerichtet werdest.* Ich kann Ihnen nur sagen, daß ihr Glaube an Gott ungewöhnlich stark ist und daß sie andererseits so gut wie gar nichts über das Leben der Menschen außerhalb des Klosters weiß.«
»Das hat mir die Oberin auch gesagt«, erwiderte Martha.
»Wenn jemand das Herz von Agnes kennt, dann ist es Mutter Miriam Ruth«, erklärte der Pfarrer schlicht.
»Aber es muß noch mehr geben als das, denn sonst gäbe es kein totes Baby, keine Anklage und keinen vom Gericht bestellten Psychiater, der die Sache untersuchen soll.«
Pfarrer Martineau seufzte tief und sah plötzlich noch älter aus, als er nach Jahren zählen mußte. »Ich beneide Sie nicht um diese Aufgabe, mein Kind.« Er nahm Marthas Hand in seine gichtverkrüppelten Finger. »Eine solche Verantwortung liegt einem schwer auf der Seele. Man sagt ja oder nein, und damit übt man die Macht in ihrer reinsten Form aus, die Macht über das Leben eines anderen. Es ist eine Macht, die Gott allein vorbehalten sein sollte. Beten Sie?«
Dr. Livingston schüttelte den Kopf. »Nein. Nicht mehr.«

»Dann verlassen Sie sich also nur auf Ihre eigene Kraft und Intelligenz?«

»Ja, ich glaube... Ja«, sagte sie mit etwas festerer Stimme.

»Gut – ich werde dafür beten, daß Sie keine falsche Entscheidung treffen.«

Sie öffnete den Mund, um zu erwidern: ›Machen Sie sich nicht die Mühe‹ – doch statt dessen sagte sie zu ihrer eigenen Überraschung: »Ich danke Ihnen, Père Martineau.«

5

Die Fahrt zum Kloster war ihr inzwischen vertraut; Dr. Livingston brauchte nicht mehr auf die Wegweiser zu achten. Sie hoffte, daß dieser Besuch ihr letzter sein würde, aber tief in ihrem Inneren wußte sie, daß das nichts als Wunschdenken war. Dennoch – befaßte sie sich inzwischen nicht schon zu sehr mit dem Umfeld des Falles? Schließlich war es nicht ihre Sache, über Schuld und Unschuld zu entscheiden – das war Aufgabe des Gerichts. Sie brauchte nur zu befinden, ob die Nonne geistig zurechnungsfähig war oder nicht. *Nur* war da allerdings nicht ganz das richtige Wort, dachte sie voller Bitterkeit.

Allmählich war auch sie im Kloster ein ebenso vertrauter Anblick, wie es das Kloster für sie war. Diesmal öffnete ihr nicht Schwester Marguerite, sondern Schwester Anne das große, eiserne Tor, wobei sie einen aus Weiden geflochtenen Korb am Arm trug. Die Schwester kam sehr dicht heran und lächelte der Ärztin zum Willkommen zu. Aber vielleicht bildete sich das Martha auch nur ein.

»Bevor wir hineingehen«, sagte sie, »hätte ich mich gern ein bißchen in den Klostergärten umgesehen. Darf ich?« Schwester Anne nickte, und ihre weiße Haube flatterte wie die Flügel einer Taube. »Ich muß die Eier einsammeln. Wenn Sie wollen, können Sie mitkommen, und ich zeige Ihnen die Wirtschaftsgebäude.« »Danke.«
Die zwei Frauen gingen um das Hauptgebäude herum, über einen schmalen, ausgetretenen Pfad, der durch den Küchengarten zur Rückseite des Klosters führte. Es gab eine große Scheune aus wettergebleichtem Holz, die für dreißig Stück Vieh groß genug gewesen wäre, und gegenüber der Scheune war ein kleinerer Stall; davor scharrten ein paar Hühner leise gackernd im Dreck.
Im Hühnerstall stank es so gottserbärmlich, daß Martha sich am liebsten eine Zigarette angezündet hätte, um die Nase mit Rauch zu füllen. Schwester Anne dagegen schien der Gestank nichts auszumachen, als sie sich durch die Nester tastete und hier und da ein Ei fand, das sie vorsichtig in den Korb legte.
»Eine große Anlage«, bemerkte Dr. Livingston und nickte in Richtung auf die Scheune.
»Dieses Kloster ist für mindestens fünfzig Insassen gebaut. Heute sind wir vierzehn Nonnen. Früher haben wir selbst gebacken, haben Käse und Marmelade hergestellt und mit dem Erlös auf dem Markt unser Leben bestritten. Jetzt verkaufen wir höchstens noch zu Weihnachten ein paar Gläser Marmelade.«
»Und wie kann das Kloster damit auskommen?«
»Wir besitzen hier in der Gegend ziemlich viel Grund, den wir verpachtet haben«, erwiderte die Nonne mit starkem französischem Akzent. »Wir haben nur ein paar Morgen für uns behalten, wo wir Weizen, Mais und Gemüse anbauen.«

»Und das machen die Schwestern ganz allein?« fragte Martha.
Anne warf ihr einen Blick zu. »Ja, natürlich, mit Gottes Hilfe. Schwester Luke und Schwester Mary Joseph verrichten die schwere Gartenarbeit, weil sie am besten dazu geeignet sind. Aber wir alle, ausgenommen die sehr Alten oder sehr Kranken, arbeiten auf dem Feld. Und außer mir und Schwester Marguerite ist es keiner von uns gestattet, mit der Außenwelt Kontakt aufzunehmen.«
Dr. Livingston schaute über die Gärten hinweg auf das Klostergebäude. »Welches war das frühere Zimmer von Schwester Agnes?« fragte sie.
Als die Ärztin den Namen erwähnte, richtete sich Schwester Anne auf und drückte die Finger ihrer freien Hand fest gegen ihre Brauen; sie fühlte offenbar, daß irgendwo zwischen den Augenhöhlen ein Kopfschmerz im Entstehen war. Ohne ein Wort zu sagen, deutete sie auf ein Fenster ganz oben, über den Zimmern der anderen Nonnen im zweiten Stock.
Warum hatte man Agnes getrennt von den anderen untergebracht?

Als Martha darum bat, das Zimmer sehen zu dürfen, in dem Agnes ihr Kind geboren hatte, zuckten Mutter Miriam Ruths Augenbrauen unwillkürlich in die Höhe, doch nach einer Sekunde des Nachdenkens nickte sie.
»Ich begleite Sie hin.«
Die Oberin war seltsam schweigsam, als sie die Treppen hinaufging, und Martha fühlte, daß sie keineswegs mit ihrer Bitte einverstanden war. Diese Psychiaterin bohrte tiefer als erwartet. Was versprach sie sich schon von einem leeren Zimmer?
Und leer war es, leer und verschlossen. Die Oberin nahm

einen langen, eisernen Schlüssel vom Schlüsselbund, den sie bei sich trug, und steckte ihn ins Schloß. Er ließ sich leicht drehen, und die Tür ging auf.
Dahinter erstreckte sich ein kleinerer Raum als der, den Agnes jetzt hatte, aber sehr hell und vom Sonnenlicht durchflutet. In dem Raum standen außer einer schmalen, hölzernen Pritsche, deren Matratze fehlte, keinerlei Möbel. Selbst das Kruzifix war von der Wand genommen worden; an der Stelle, wo es gehangen hatte, konnte man nur den Schatten an der Wand erkennen, als ob Gott selbst verschwunden wäre und nur Erinnerungen zurückgelassen hätte.
An den Böden und Wänden konnte man erkennen, daß sie erst vor kurzem geschrubbt worden waren. Natürlich. Das Blut. Aber sonst hatte er nichts an sich. Welches Geheimnis dieser Raum auch gesehen haben mochte – jetzt konnte man es nur noch von Schwester Agnes erfahren.
Dr. Livingston hörte schon in Gedanken, wie Mutter Miriam Ruth mit spöttischem Ton sagte: ›Na, zufrieden?‹ Doch die Oberin erklärte statt dessen: »Dieses Kloster ist gut gegen Eindringlinge gesichert. Drei Meter hohe Mauern und nur ein einziges Tor aus Schmiedeeisen; außer Schwester Marguerite verfügt niemand über einen Schlüssel dafür, und sie würde, glaube ich, nach Einbruch der Dunkelheit nicht einmal Jesus Christus einlassen.«
»Was da geschehen ist, kann auch bei Tag geschehen sein. Vielleicht ist Schwester Agnes zu *ihm* gegangen.«
Die Oberin schüttelte ärgerlich den Kopf. »Ach, kommen Sie. Sie haben mit ihr gesprochen. Agnes weiß nicht einmal wie Babys *geboren* werden, geschweige denn, wie sie gezeugt werden.«

In der Leere des Raums schauten sich die beiden Frauen in die Augen.
»Wann ist Ihnen zum erstenmal diese – diese Unschuld bewußt geworden, ich meine, die Art, wie Schwester Agnes denkt?«
»Kurz, nach dem sie zu uns gekommen ist.«
»Und das hat Sie nicht erschreckt?«
Mutter Miriam Ruth zeigte ihr schiefes Lächeln. »Ich war entsetzt. Genau wie Sie jetzt.«
»Woran haben Sie es bemerkt?« fragte die Ärztin.
Das Lächeln schwand aus dem Gesicht der Oberin. »Sie hat aufgehört zu essen. Ganz und gar.«
»War das vor ihrer Schwangerschaft?«
»Fast zwei Jahre davor.«
»Warum hat sie das getan?«
»Sie sagte, Gott habe ihr den Befehl gegeben...«

Ich sehe ihr Gesicht nur schemenhaft im schwachen Kerzenlicht. Ihre Augen sind riesengroß und weit offen, ihr magerer Körper zittert. Ich kann deutlich erkennen, daß sie vor irgend etwas große Angst hat. Aber wovor?
»In der Woche davor war mir schon aufgefallen, wie mager sie geworden sein mußte, obwohl Agnes immer zu dünn war. Doch das war etwas anderes. Sie hatte tiefe Ränder um die Augen, und ihre Wangen waren hohl. Das Habit hing ihr an den Schultern wie Lumpen an einer Vogelscheuche. Und obwohl man ihren Körper durch die dicke Kleidung nicht sehen konnte, ahnte man, daß ihr die Rippen hervortreten mußten. Als ich sie fragte, ob mit ihr etwas nicht in Ordnung sei, wich sie meinem Blick aus und sagte, ›Es ist nichts, Ehrwürdige Mutter.‹
Also habe ich sie beobachtet. Die Mahlzeiten im Kloster sind heilige Zeiten, eine Art gemeinsamer Kommunion.

Die Schwestern sprechen nicht dabei; sie reichen nur die Schüsseln und Teller weiter und bitten um das eine oder andere durch Kopfbewegungen oder durch Fingerzeige. Ich sitze am Kopfende der Tafel und lese laut die täglichen Offizien. Außer Schwester Susanna, die in der Küche arbeitet, das Brot bäckt und alles abschmeckt, essen die Schwestern sehr wenig. Und wenn man einmal vom Wein bei der Kommunion absieht, trinken wir nur Wasser.

Aber Agnes aß gar nichts. Ich hielt ein Auge auf sie gerichtet, sogar während ich im Brevier las. Sie reichte die Gemüseschüsseln und das Brot herum, nahm sich selbst aber nichts. Den anderen Schwestern fiel das wohl auf, aber keine von ihnen hatte bis dahin etwas zu mir gesagt. Manchmal glaube ich, sie sind alle eifersüchtig auf Agnes und verdächtigen mich, ich hätte sie zu meinem Günstling gemacht.«

»Haben sie denn damit nicht recht?« fragte Martha mit ironischem Lächeln.

Aber Mutter Miriam Ruth zog nur ihre schwarzen Augenbrauen hoch und fuhr in ihrem Bericht fort.

»Nach jeder Mahlzeit erhob sich Agnes, um den Tisch abzuräumen, und stellte dabei ihren eigenen Teller ganz unten in den Stapel, damit mir nicht auffallen sollte, daß er unbenutzt war. Ich sagte nichts vor den anderen.

Doch nachdem ich sie ein paar Tage lang beobachtet hatte, wußte ich, daß ich mit ihr reden mußte. Als ich sie daraufhin einmal allein im Halbdunkel in der Kapelle knien sah, ergriff ich die Gelegenheit und kniete mich neben sie. Nun konnte sie mir nicht mehr ausweichen.

›Du ißt nicht.‹

›Nein, Ehrwürdige Mutter.‹ Ihre Stimme war ganz leise, fast nur ein Flüstern, und ich mußte mich zu ihr hinüber-

beugen, um überhaupt etwas zu verstehen. Dabei stellte ich fest, daß ich selbst ebenfalls flüsterte. Es ist ansteckend, wie Sie sicher wissen, Doktor.
›Warum ißt du nichts, Schwester Agnes?‹
›Gott hat mir befohlen, nichts zu essen.‹
Sie können mir glauben, daß mich diese Auskunft überraschte. ›Hat er selbst mit dir gesprochen?‹
›Nein.‹ Ich hörte kaum das Wort, so leise war sie geworden.
›Durch jemand anders?‹
›Ja.‹
›Durch wen?‹«
Martha beugte sich vor, und ihr Gesicht wirkte erwartungsvoll und gespannt.
›Das kann ich nicht sagen‹, erklärt mir Agnes, und sie wendet sich ab dabei, so daß ich ihre Augen nicht sehen kann. Sie kuschelt sich in ihr schweres Gewand, als suche sie Schutz darunter, und – und das ist merkwürdig, weil die Nonnen in der Kapelle die Rosenkränze normalerweise vor sich hinhalten, um die Perlen zu sehen, während sie beten – die Hände von Agnes sind unter ihrem Skapulier verborgen, als sei ihr kalt. Sicher, es ist kalt in der Kapelle. Selbst das Kerzenlicht ist kalt, blaß und weiß wie der Frost. Wie die Stirn von Agnes.
›Warum?‹ Ich mußte es wissen, mußte dieser Sache auf den Grund gehen. Erstens war es meine Verantwortung als Oberin. Und zweitens... Ach, das vergessen wir lieber. Aber Agnes ist eben anders als die anderen Nonnen.
›Sie würde mich bestrafen‹, sagte sie.
Sie? Wer ist diese Sie? ›Eine von den Schwestern?‹ fragte ich.
›Nein.‹

›Wer dann?‹
Ich höre ein Geräusch im hinteren Teil der Kapelle, und Schwester Agnes zuckte zusammen, als habe sie der Blitz getroffen. Nie zuvor habe ich einen so nervösen Menschen gesehen, nicht einmal Schwester Mary Madelaine, wenn sie ihre schweren Stunden hat.
Aber es ist nur Schwester Paul, die inzwischen gestorben ist, Gott sei ihrer Seele gnädig. Sie war damals schon fast neunzig und steif von Rheumatismus, so daß sie Mühe hatte, aus ihrer Bank hochzukommen. Die Kapelle ist wirklich zu kalt, daß die älteren Nonnen dort längere Zeit knien, aber dagegen können wir nun einmal nichts tun. Es gibt Prüfungen, die Gott uns schickt, um unsere Seelen zu läutern. Nachdem Schwester Paul hinausgeschlurft war, begannen wir wieder zu sprechen. Ich hatte mich entschlossen, nicht mehr zu flüstern; ich wollte nicht, daß Schwester Agnes den Eindruck gewann, sie habe etwas vor mir zu verbergen.
›Warum gibt sie dir diesen Befehl?‹ fragte ich.
›Weil ich sonst fett werde‹, sagte Agnes.
Das war eine so törichte Antwort, daß ich ärgerlich reagierte und sie anfuhr: ›Du meine Güte – ich bitte dich!‹
›Aber ich bin fett‹, behauptete Agnes. ›Ich habe zuviel Fleisch am Leib.‹
›Agnes...‹
›Ich bin wie ein aufgeblasener Luftballon, wie ein Zeppelin.‹ Dabei konnte sie kaum mehr als hundert Pfund wiegen. Wenn überhaupt.
Ich war nicht nur verärgert, sondern auch verblüfft.
›Warum ist es denn so wichtig, ob du fett bist oder nicht?‹ frage ich sie.
›Darum.‹
Nicht zum erstenmal fiel mir auf, wie kindlich sie manch-

mal reagierte, weitaus naiver, als es ihrem Alter entsprochen hätte. Und ich rede zu ihr, wie man zu einem Kind redet.
›Hier drinnen im Kloster brauchst du dir um dein Aussehen keine Gedanken zu machen.‹
›O doch‹, widerspricht sie und richtet ihre großen Augen auf mich. ›Ich muß doch schön sein – für Gott.‹
›Er liebt dich so, wie du bist.‹
Aber sie schüttelte fast leidenschaftlich den Kopf. ›Nein, tut er nicht. Er haßt fette Menschen.‹
›Wer hat dir denn das gesagt?‹ Jetzt war ich völlig aus dem Häuschen und weiter davon entfernt, Agnes zu verstehen, als je zuvor. Hatte sie Wahnvorstellungen? Halluzinationen, vom langen Hungern vielleicht? War das irgendeine religiös-fanatisch begründete Nahrungsverweigerung?
›Es ist eine Sünde, fett zu sein‹, sagte sie.
›Warum?‹
›Schauen Sie doch all die Statuen an. Die sind auch mager.‹ Sie lächelt, als sie die Heiligenstatuen im Chor betrachtet, und ihr Gesicht wird nicht nur von den Kerzen erhellt.
Ich schaue ebenfalls die Statuen an, so, als ob ich sie zum erstenmal sehen würde. Das sind die Heiligen, zu denen wir beten, und einige von ihnen waren Märtyrer. Die Statuen sind alt, älter als das Kloster; das Mutterhaus in Frankreich hat sie uns überlassen. Sie stehen nebeneinander am Altar, holzgeschnitzt und bunt bemalt.
Da ist eine schöne Muttergottes, zu der wir alle täglich beten. Und natürlich Maria Magdalena, deren Namen unser Orden trägt. Sie kniet zu Füßen des Gekreuzigten. Dann die Heilige Therese von Lisieux, die Nationalhei-

lige Frankreichs, die Heilige Agnes, eine Märtyrerin, die an den Folgen der Folter gestorben ist, der Heilige Sebastian, den die Römer mit Pfeilen durchbohrt haben. Der Heilige Franziskus, der mit den Vögeln sprach und den jeder liebt... Wir schmücken die Statuen mit den Blumen, die in unseren Gärten blühen, und entzünden Kerzen, wenn wir zu ihnen beten. Vor den Statuen sind große Kerzenständer mit schweren Wachskerzen, die ihr Licht in die Kapelle werfen. Die Kapelle ist nicht mehr so hell wie früher, als viele Schwestern mit ihren Kerzen hier knieten, um zu beten.

›Sehen Sie sie doch an, Ehrwürdige Mutter‹, sagte Agnes. ›Sehen Sie, wie mager sie sind. Das ist, weil sie leiden. Leiden macht schön. Ich möchte schön sein.‹

Zum erstenmal machte ich mir Sorgen um Agnes. Ihre Gedanken kamen mir so einfach vor, und dennoch konnte ich nicht erkennen, was darin lag. ›Wer sagt dir diese Dinge?‹ frage ich sie wieder. Ich muß es wissen, kann nicht damit fertig werden, bevor ich es weiß.

Aber Agnes ist gebannt von einer Vision; sie hört nicht einmal, was ich sage. ›Jesus Christus hat es gesagt, in der Bibel. Er hat gesagt: Laßt die kleinen Kinder leiden. Ich möchte leiden wie ein kleines Kind.‹

Wie eigenartig, daß sie das Bibelwort so verdreht, welches in Wirklichkeit ›Laßt die Kleinen zu mir kommen‹ lautet. Es ist ein Fehler, den Kinder begehen. Aber eine Klosterfrau?

›Er hat es ganz anders gesagt‹, beginne ich, doch Agnes springt auf, die Augen glänzend wie im Fieber, die Hände noch immer unter dem Gewand. Ihre Stimme, bis dahin so leise, daß man sie kaum hören konnte, schwillt plötzlich an.

›Ich bin ein kleines Kind, aber mein Körper wird immer

größer, und bald passe ich nicht mehr hinein. Dann kann ich mich nicht mehr hineinzwängen in den Himmel.‹ Sie hat Tränen in den Augen, scheint tatsächlich zu leiden.
›Agnes, meine Liebe, der Himmel hat keine Schranken, keine Fenster oder Türen, durch die man sich zwängen muß...‹
Aber sie hört mich nicht. Mit der rechten Hand greift sie nach ihren kleinen Brüsten und verzerrt dabei das Gesicht zu einer Fratze des Abscheus. Das Kerzenlicht schimmert auf dem Gold ihres Nonnenrings, dem Symbol ihrer Hochzeit mit Gott.
›Ich meine, sehen Sie das doch an! Ich muß abnehmen. Ich bin aufgebläht wie ein Luftballon, wie ein Zeppelin.‹ Dabei zerrte ihre Hand wütend an ihren Brüsten.
Ich war so verblüfft, daß ich mich zwingen mußte, aufzustehen und zu ihr zu gehen. ›Oh, mein liebes Kind...‹
Sie wich zurück, als würde sie mich nicht erkennen, und ich hätte geschworen, daß das auch der Fall war. Ihr Gesicht war verzerrt von einer namenlosen Angst. Das war eine Agnes, die ich nie zuvor gesehen hatte, obwohl ich es vielleicht hätte ahnen müssen – eine Ahnung, die ich nie hatte wahrhaben wollen. Jetzt wankte sie durch den Mittelgang und war einem hysterischen Anfall nahe. Sie lallte beinahe wirr.
›Gott hat die Hindenburg platzen lassen. Er wird mich auch platzen lassen.‹ Das sagte sie tatsächlich!
›Wer hat dir das gesagt?‹ brüllte ich.
›Mammi!‹ brüllt sie zurück. ›Ich werde immer größer und größer, und eines Tages platze ich. Aber wenn ich klein bleibe, passiert das nicht.‹
Ich traue meinen Ohren nicht. Was redet sie da für einen Unsinn? ›Deine Mutter hat dir das gesagt?‹
Als ich diese Frage stellte, erstarrt Agnes, als habe sie

bereits zuviel gesagt und ihr sorgsam gehütetes Geheimnis verraten. Sie reißt wie im Schock den Mund weit auf. Ich gehe einen Schritt auf sie zu. Sie weicht einen Schritt zurück. Sie starrt mich an, sieht mich aber nicht, so, als schaue sie durch mich hindurch wie durch eine Glasscheibe. Ich gehe nicht weiter auf sie zu, will sie aus dieser Hysterie, diesem Alptraum erlösen. Sie wissen, man sagt, es ist gefährlich, einen Schlafwandler zu wekken, und ich habe Angst davor, sie zu wecken.
Jetzt rede ich sanfter, aber nachdrücklich auf sie ein. ›Agnes, meine Liebe, deine Mutter ist tot.‹
Sie nickt, weiß es. ›Aber sie schaut zu. Und sie hört zu.‹ Glaubt sie das wirklich?
Ich versuche es aus einer anderen Richtung. ›Unsinn. Ich bin jetzt deine Mutter, und ich will, daß du ißt.‹
›Ich bin nicht hungrig.‹
›Du mußt etwas essen, Agnes.‹
Sie schüttelt den Kopf. ›Nein, muß ich nicht. Die Hostie ist genug.‹
Ich weiß nicht, warum, aber mir kommt das irgendwie lächerlich vor. ›Meine Liebe‹, sagte ich, ›ich glaube kaum, daß eine Oblate, wie man sie bei der Kommunion bekommt, das enthält, was der Körper nun mal täglich braucht.‹
›Doch. Sie enthält alles, was man braucht – von Gott‹, widerspricht Agnes und meint das ganz ernst.
Ich stehe beschämt da und weiß keine Antwort. ›O ja, von Gott.‹
Jetzt erst fällt mir auf, daß Agnes voller Entsetzen auf ihre Füße starrt. Mein Blick folgt dem ihren. Auf dem Boden neben ihren Füßen ist eine Blutlache, nicht groß, aber sie breitet sich aus.
Mein Gott, wo kommt das her? Auch auf dem weißen

Skapulier von Agnes bildet sich ein großer, roter Fleck, dicht unter dem Kruzifix, dort, wo sie ihre linke Hand verbirgt.
›Agnes, was ist das?‹
Jetzt sieht sie das Blut auf dem Skapulier, das Rot, das das weiße Leinen durchtränkt, den Fleck, der sich ausbreitet. Ihr Gesicht ist eine Maske des Entsetzens, und sie tritt einen weiten Schritt zurück, stößt dabei fast den Kerzenständer vor dem Heiligen Sebastian um.
›Ich werde bestraft‹, stöhnt sie und ist den Tränen nahe.
›Wofür denn?‹
›Ich weiß es nicht‹, weint sie wie ein geschlagenes Kind.
Ich eile auf sie zu und reiße das Skapulier zur Seite, fasse nach ihrer versteckten Hand, die sie mit der Handfläche nach oben hält, wobei ihr das Blut durch die Finger rinnt.
›O mein Gott‹, flüstere ich mit rauher Stimme. In der Handfläche des Mädchens ist eine Wunde, die heftig blutet.
›Es hat schon heute früh angefangen, und es hört nicht mehr auf‹, schluchzt sie. ›Warum ich? Ehrwürdige Mutter, warum ich?‹
Und ich konnte ihr keine Antwort geben . . .«
Die Oberin verstummte, schien völlig erschöpft zu sein, ließ die Schultern müde nach unten sinken, und ihre Arme hingen kraftlos herunter.
»Warum haben Sie Agnes nicht zu einem Arzt geschickt?« fragte Dr. Livingston.
Mutter Miriam Ruth wandte sich ab von dem kreuzförmigen Schatten an der Wand. »Am nächsten Morgen war die Wunde verheilt. Agnes begann wieder zu essen, und das schien mir zu diesem Zeitpunkt das wichtigste zu sein . . . Übrigens, die Wunde ist niemals wieder aufgebrochen.«

»Sie hatte ein Loch in ihrer Handfläche! Sie hätte verbluten können!« rief Martha bebend vor Zorn.
»Aber sie ist nicht verblutet, nicht wahr?« Die Verärgerung der Oberin stand der der Ärztin keineswegs nach.
»Wenn das außer mir jemand gesehen hätte, wäre Agnes bekannt geworden in der Öffentlichkeit. Zeitungen, Psychiater, das Fernsehen, was weiß ich. Das hat sie nicht verdient.«
Martha atmete tief ein. »Aber jetzt ist es doch soweit gekommen«, sagte sie leise. In ihrem Gedächtnis tauchte wieder die Stimme auf, die ›Marie! Marie!‹ rief.
»Ich weiß genau, was Sie denken«, sagte Mutter Miriam Ruth. »Sie ist schlicht und einfach eine Hysterikerin.«
»Einfach bestimmt nicht.«
»Aber ich habe es gesehen! Ich habe die Wunde gesehen und das Blut, das ihr durch die Finger rann. Glauben Sie, eine Hysterikerin ist dazu fähig?«
»Es kommt immer wieder vor, seit Jahrhunderten. Denken Sie an den Heiligen Franziskus von Assisi und die Heilige Katherina von Siena, um nur zwei zu nennen. Und was ist mit den Tausenden, die nicht heilig gesprochen wurden, deren Wunden nichts mit Heiligkeit zu tun haben, sondern nur mit religiösem Wahn? Sie ist kein Einzelfall, nur ein Opfer unter vielen!«
»Ja, Gottes Opfer«, entgegnete die Oberin zornig. »Das ist ihre wahre Unschuld. Sie gehört Gott.«
»Und ich will sie ihm wegnehmen? Das befürchten Sie doch, oder?« fragte die Psychiaterin.
»Natürlich.«
Sie starrten sich an, ihr Zorn war mühsam unterdrückt, die Positionen waren klar bestimmt. Für Dr. Livingston war Religion eine Droge, nach der man dieses unreife Mädchen süchtig gemacht hatte und mit der sie ihre

morbiden, Freudschen Phantasievorstellungen nährte. Kombiniert mit einer unseligen Kindheit in Händen einer offensichtlich psychotischen Mutter, mit den Mystizismen der Kirche, ihren Ritualen und dem unnatürlichen Leben in Keuschheit trug das alles zu einer sexuellen Hysterie bei, die es Agnes verwehrte, die Realität anzuerkennen und zu erfahren.

Für Mutter Miriam Ruth war Agnes aus dem Stoff, aus dem die Heiligen gemacht sind und die Märtyrer, die die Wunden Christi empfangen. Sie war ein Wesen, das man hegen und vor der Welt beschützen mußte. Der Glaube der Oberin an die Unschuld des Mädchens Agnes machte sie blind gegenüber dem, was wirklich geschehen war. Schließlich war sie es gewesen, die den Leichnam des Neugeborenen gefunden und die dem blutigen, kleinen Etwas das Sakrament der Taufe gespendet hatte – dennoch mußte es ihr irgendwie gelungen sein, den Tod des Säuglings ebenso wirkungsvoll aus dem Gedächtnis zu verbannen, wie das Agnes geglückt war.

Agnus Dei, dachte Martha mit Bitterkeit. *Lamm Gottes. Aber wer hatte dieses Lamm zur Schlachtbank geführt?*

6

Können Sie mir freundlicherweise sagen, warum, zum Teufel, das so lange dauert?« Eugène Lyon kaute wütend an seiner Zigarre und schaute durch das Fenster in dem Richterbüro des Justizgebäudes von Montreal hinaus auf die darunter liegende Altstadt, ohne sie bewußt zu sehen. Als Verteidiger der Angeklagten war er ungeduldig; da er davon ausging, daß eine Nonne, die heimlich ein Kind zur Welt bringt und es danach erdrosselt, verrückt sein müsse, rechnete er damit, daß jeder Psychiater, selbst ohne genauere Prüfung der Umstände, seiner Meinung sein müsse, und er hoffte, sobald wie möglich auf Unzurechnungsfähigkeit plädieren und den Fall damit zu den Akten legen zu können. Außerdem wurde sein Honorar von der Kirche bezahlt, und die Kirche wollte Leistungen sehen für ihr Geld.

»Hören Sie, es gibt noch eine Menge unbeantworteter Fragen«, begann Dr. Livingston.

»Ihre Aufgabe ist es, eine Diagnose zu stellen, nicht zu heilen und nicht Detektiv zu spielen«, schnauzte sie Lyon an.

Getroffen, antwortete Martha wütend: »Ich kenne meine Aufgaben. Meine Pflicht als Ärztin –«

»Martha«, unterbrach sie Richard LeClaire, der Ankläger, in einem überdrüssigen Ton und machte sich dabei gar nicht erst die Mühe, seine Füße von der Schreibtischplatte des Richters zu nehmen. »Sie sollen jetzt so rasch wie möglich eine Entscheidung treffen im Hinblick auf ihre Zurechnungsfähigkeit und sich nicht weiter in den Gang der juristischen Prozeduren einmischen.«

»Sobald ich selbst zu einer Entscheidung gekommen bin«, verbesserte die Psychiaterin. *Warum gerate ich eigentlich bei diesen Männern immer in die Defensive? Meine beruflichen Fähigkeiten stehen den ihren nicht nach. Meine Erfahrungen sind umfassend. Warum stehe ich hier mitten im Raum wie ein Wild, das sich von den Hunden eingekreist sieht, während sich die Herren der Schöpfung in ihren Ledersesseln räkeln und mich anbellen? Oder leide ich allmählich an Verfolgungswahn? Sie wollen diesen Fall zu einem raschen Abschluß bringen. Und was, glauben sie, will ich? Ich wollte die Sache eigentlich gar nicht übernehmen, und nun lasse ich mich, verdammt noch mal, nicht von ihnen hetzen, sondern treffe meine Entscheidung dann, wenn ich es für richtig halte.*

»Je länger Sie brauchen, desto schwieriger wird es für mich«, fuhr LeClaire fort.

»Wieso?«

»Weil uns der Bischof im Nacken sitzt.«

»Sie meinen, je eher sie hinter Gitter kommt, um so besser?« fragte Martha sarkastisch.

Richter Leveau hob beschwichtigend die Hand. »Martha, wie auch Ihre Entscheidung sein wird, ich gestatte dem Mädchen, ins Kloster zurückzukehren und seine Strafe dort abzusitzen.«

Das war sowohl moralisch als auch juristisch unmöglich! Mit blitzenden Augen wandte sie sich an den Richter. »Das kann ich nicht glauben!« stieß sie hervor. »Das kann ich nicht glauben, verdammt noch mal.«

»Dann würden Sie also nicht empfehlen, daß sie zurückgeschickt wird in ihr Kloster?« fragte der Richter, ohne die Stimme dabei zu erheben.

»Ich würde sie nicht an die Quelle all ihrer Probleme zurückschicken, nein«, erwiderte Martha.

»Der Bischof wird darüber wenig erfreut sein«, warnte Lyon.

Und jetzt war er es, dem die Psychiaterin ihr wütendes Gesicht zuwandte. »Ich kämpfe um das Leben dieser Frau, nicht für irgendeinen verdammten Bischof!« erregte sie sich. Es war wieder einmal der jahrhundertealte Konflikt Wissenschaft gegen Religion, wobei die Wissenschaft stets die Unterstützung verlor, wenn die Religion über zuviel politischen Einfluß verfügte. Unglücklicherweise konnte Martha diesem Kreis nicht klarmachen, daß dies das eigentliche Thema war. Es gab Dinge, die man besser verschwieg, wenn man etwas erreichen wollte. Außerdem würden diese Männer es abstreiten und leugnen, daß eine solche Gegensätzlichkeit überhaupt bestand.

Wenn man es genau betrachtet, ist eigentlich gar kein so großer Unterschied zwischen einem Kloster und einem Pflegeheim, dachte Martha, als sie ihren Wagen auf dem Parkplatz abstellte und die Treppen zum Haupteingang hinaufging. *Beide sind vor der Welt verschlossen; beide schaffen eine künstliche Gesellschaft, in die nichts von der äußeren Realität eindringt; nichts ändert sich, alles bleibt gleich, Tag für Tag, weil sich nichts ändern darf – und die einzige Befreiung und Freiheit ist in beiden Fällen der Tod.* Sie schauderte. Haßte es, hierherzukommen, sagte sich aber jedesmal, daß dies der beste Platz für ihre Mutter war, der einzige, wo man sich rund um die Uhr um sie kümmerte. Dennoch haßte sie das Heim.
Zunächst und vor allem, wie immer, den Geruch. Eine Mischung aus antiseptischen Lösungen, Urin, Fäkalien und industriellen Reinigungsmitteln schlug ihr ins Gesicht, sobald sie die Empfangshalle betreten und sich in das Besucherbuch eingetragen hatte. Es war ein Geruch, den sie inzwischen unwillkürlich mit ihrer Mutter in Verbindung brachte, und daraufhin ebenso unwillkürlich Schuldgefühle entwickelte.
Mit einer Papiertüte in der Hand ging Martha zum Tagesraum, wo ständig der Fernseher lief. Normalerweise saß ihre Mutter dort und sah fern; das war auch diesmal so. Froh darüber, zündete sich Martha erleichtert eine Zigarette an. Der Tagesraum war der einzige Ort im Heim, wo man rauchen durfte.

Etwa ein halbes Dutzend Patienten, die meisten in Rollstühlen, saßen in dem Raum in Richtung zum Bildschirm, aber nur wenige sahen wirklich, was im Fernsehen lief. Zwei schliefen, eine Patientin weinte unaufhörlich und eine andere stöhnte, als ob ihr das Herz brechen würde, während ihr der Speichel aus den Mundwinkeln lief. Da die Psychiaterin aus Erfahrung wußte, daß man nichts tun konnte, um der Stöhnenden oder der Weinenden zu helfen, weil sie völlig abgeschlossen in ihren eigenen, unzugänglichen Welten lebten, ging sie direkt auf ihre Mutter zu, die dem Fernseher am nächsten saß, in einen fleckigen Morgenmantel gehüllt, das Haar ungekämmt, das Gesicht ungewaschen. Martha beugte sich über den Stuhl und küßte sie zärtlich.

»Hallo, Mama.«

Die alte Frau drehte sich um und blickte zu ihr auf, dann wandte sie sich abrupt wieder dem Fernseher zu. Auf dem Bildschirm war ein knallbunter Zeichentrickfilm zu sehen; die Figuren kämpften miteinander und flogen durch die Luft. Martha kniete sich neben den Stuhl ihrer Mutter.

»Ich hab' dir was mitgebracht.« Sie hielt ihr die Papiertüte hin.

»Sei doch still«, sagte die alte Frau mürrisch. »Ich versuche, diese Sendung zu sehen.« Dann grinste sie leer in Richtung auf den Bildschirm, wo ein Superheld in einem Spinnenkostüm gerade einen gelbgesichtigen Feind erledigt hatte.

Dr. Livingston nahm den Pappbecher aus der Tüte, zog den Deckel ab und fischte dann nach dem Plastiklöffel. Ihre Mutter warf einen schiefen Blick auf den Wachspapierkarton mit Eiskrem, dann riß sie ihn Martha

wortlos aus der Hand. Gleich danach schaufelte sie mit dem Löffel gierig das Eis in sich hinein.
»Es ist deine Lieblingssorte«, sagte Martha.
»Wer sind Sie?« fragte die alte Frau.
»Ich bin Martha, Mama.«
»Marie bringt mir auch immer Eiskrem. Schokolade. Mein Lieblingseis.« Dabei verengte sie die Augen in verwirrter Erinnerung.
Marie ist tot, Mama. Ich habe dir das Schokoladeneis gebracht. Ich, Mama. »Ich dachte Vanille mit Kirsch ist dein Lieblingseis?«
Die alte Frau verschlang einen großen Löffel Eis. »Nicht mehr. Jetzt mag ich Schokolade.«
»War die Woche angenehm?« fragte die Psychiaterin. »Kümmert man sich ordentlich um dich?«
Aber ihre Mutter hörte nicht zu. »Weißt du«, gestand sie vertraulich, während ihre Lippen von Eiskrem verklebt waren, »Martha kommt mich nie besuchen. Du wirst schon sehen, die wandert geradewegs in die Hölle. Wenn man bedenkt, was sie alles zu mir gesagt hat! Und dann heiratet sie diesen Tunichtgut von Franzosen. Ich hab' gleich gewußt, daß das nicht gutgeht. Du bist ganz anders, Marie. Du bist mit Gott verheiratet.«
»Marie ist tot, Mama«, sagte Martha leise.
Die alte Frau lachte. »Ich weiß noch, wie du ein kleines Mädchen warst, Marie, als du aus dem Kino gekommen bist und gesagt hast: ›Mama, der Schluß war so traurig.‹ Und ich habe dir gesagt, daß sie alle Happy-ends weggesperrt haben, in eine Gruft in Hollywood. Und du hast es mir geglaubt.« Kichernd merkte sie nicht, daß ihr das Eis aus dem Mund und übers Kinn lief.
Das war nicht Marie, Mama. Das war ich. Wann ist das mit dir passiert, Mama? Du warst immer so kräftig, so

hart, so klug. Warum mußte uns das passieren? Natürlich wußte sie, wie und weshalb. Schließlich war sie ja Ärztin, oder nicht? Sie konnte Vorlesungen halten über die Verengung der Arterien, die verminderte Blutversorgung des Gehirns, die um sich greifende Desorientierung, die Begriffsverwirrung, die Gedächtnisschwäche, den Verlust der Realität. Fakten. Dr. Martha Livingstons geliebte, wissenschaftliche Fakten. Aber was nützte einem das Wissen um die Fakten angesichts dieses Leidens? Wo blieb die Vernunft angesichts des verlorengegangenen Verstandes?
»Das war nicht Marie, Mama. Das war ich.«
»Wer sind Sie?«

Ein Teil von ihr wollte zurück ins Kloster, Tag für Tag, bis das Geheimnis enthüllt war, bis Agnes, das Lamm Gottes, ihr Geheimnis preisgegeben hatte. Und ein anderer Teil von ihr wollte nie mehr dorthin zurück. Der Aufenthalt im Kloster war ihr geradezu körperlich unangenehm; das war eine Welt, die sie verachtete, bewohnt von einer Art Frauen, die sie zeitlebens nie verstehen würde. Das religiöse Dasein im Kloster kam ihr vor wie die totale Verweigerung des Lebens, darüber hinaus wie eine ideale Brutstätte für genau die Art von Hysterie, dessen Opfer Schwester Agnes geworden war.
Im siebzehnten Jahrhundert war ein ganzes französisches Nonnenkloster von sexueller Raserei ergriffen worden, wie sich Martha erinnerte; die Nonnen waren besessen gewesen von der Vorstellung, sie kopulierten mit Teufeln, und ein Priester hatte für diese Besessenheit mit seinem Leben bezahlen müssen. Aldous Huxley hatte das düstere Ereignis in seinem Buch *Die Teufel von Loudon* geschildert. Und im selben Jahrhundert hatte in

Salem im Staate Massachusetts eine Gruppe heranwachsender Mädchen, die offenbar nicht mit ihrer sich entwikkelnden Sexualität zurechtkamen, Phantasiegeschichten über Hexen verbreitet, und eine Gruppe harmloser alter Frauen hatte daraufhin am Galgen geendet. Agnes war der perfekte Kandidat für diese klassische Art von Besessenheit. Alle dazu nötigen Elemente waren bereits vorhanden: eine kindliche Zurückgebliebenheit, die Verachtung und Angst gegenüber den normalen Funktionen des Körpers und ein Mystizismus, der an religiösen Wahn grenzte.

Aber war sie schon über die Grenze der Vernunft in den Wahnsinn getrieben worden? Auf diese Frage konnte Dr. Livingston noch immer keine Antwort geben. Und es war seltsam: Immer, wenn sie außerhalb des Klosters war, gelang es Martha, ihre Erfahrung, Intelligenz und Vernunft sowie alle Freudschen Theorien einzusetzen – aber sobald sie sich innerhalb der steinernen Mauer befand, sobald sie mit Agnes sprach oder ihr zuhörte, schienen alle diese Theorien aus den gotischen Fenstern zu entfliehen, und was übrigblieb, war das Bewußtsein der Reinheit dieses Mädchens, der Unschuld in den Augen von Agnes. Allmählich begann Martha zu verstehen, warum Mutter Miriam Ruth diese junge Nonne unter allen Umständen beschützen wollte.

Außerdem kam es Martha so vor, als verliere sie das tote Baby aus dem Bewußtsein, verliere die Vorstellung der schrecklichen Tat, die sie immer wieder in dieses Kloster gezogen hatte. Daher zwang sie sich, als Larry Langevin auf ihren Wunsch einen Satz der Polizeiphotos von der Szene des Verbrechens besorgt hatte, die entsetzlichen Bilder des toten Säuglings im Detail zu betrachten und sich genau einzuprägen.

Und wieder war sie heute ins Kloster gefahren, ein weiterer Besuch, um die Psyche des Mädchens auszuloten und dabei – worauf zu stoßen?
Der Oktober neigte sich dem Ende zu, das Wetter wurde kälter. Aber am Spätnachmittag schlief der Wind ein, und die Sonne strahlte noch ein wenig Wärme aus. Da Martha sich von den Klostermauern erdrückt fühlte, hatte sie vorgeschlagen, draußen spazierenzugehen, und Agnes hatte mit Freuden zugestimmt. Sie wollte auf den Friedhof des Klosters, um das Grab der verstorbenen Schwester Paul zu besuchen.
Der Friedhof lag neben der Kapelle, ein einfacher, ländlicher Ort der Stille. Es gab keine marmornen Mausoleen, neben denen weinende Seraphim standen, keine vergoldeten Statuen des Erzengels Gabriel, welche stumm die Trompeten des Jüngsten Gerichts ertönen ließen. Die Gräber waren durch einfache Grabsteine gekennzeichnet, die den Beschauer nur die Namen und Lebensdaten wissen ließen und ein kleines Kreuz mit der Inschrift INRI, das Zeichen für ›Jesus, König der Juden‹, das ihm seine römischen Henker spöttisch ans Kreuz geschrieben hatten. Die einzige Statue auf dem Friedhof war die der Muttergottes, und die Gräber waren rings um sie gruppiert, als suchten die Verstorbenen noch nach dem Tode ihren Schutz und ihren Trost.
Schwester Agnes kniete vor einem der Gräber nieder, bekreuzigte sich und flüsterte ein kurzes Gebet. Der Grabstein war neu und trug die Inschrift SŒUR MARIE PAUL, GEBOREN AM 21. JULI 1898, GESTORBEN AM 23. JANUAR 1984.
»Sie haben Schwester Paul gemocht?« fragte Dr. Livingston leise.

»Sie war gut zu mir. Sie hat mir gesagt, daß ich schön bin«, antwortete Agnes.
»Was hat sie Ihnen noch gesagt?« Martha hatte sich hinter Agnes gestellt, um das Mädchen beobachten zu können, ohne von ihm gesehen zu werden; außerdem hatte sie wie immer das Bedürfnis, eine Zigarette zu rauchen. »Sie sagte, alle Engel Gottes würden neben mir schlafen wollen, wenn sie könnten.« Agnes bückte sich und entfernte das Laub vom Grabstein, legte dann den kleinen Herbstblumenstrauß darauf, den sie bei sich hatte, ein paar Astern, Chrysanthemen und späte Zinnien, die vom Frost verschont worden waren.
»Das hat mir gefallen«, fuhr sie fort. »Sie hat seit fast siebzig Jahren hier gelebt, und jeden Tag hat sie die Glocke geläutet, um uns zu wecken oder zum Gebet zu rufen... Sie hat mir auch meinen Geheimplatz gezeigt«, fügte sie schüchtern hinzu.
Alle Sinne Marthas waren augenblicklich hellwach. »Wo ist der?« fragte sie so beiläufig wie möglich. Aber Agnes wandte sich ab und senkte die Augen. Dennoch lächelte sie, als wolle sie ihr Geheimnis gern mit der Ärztin teilen.
»Zeigen Sie ihn mir«, bat Martha mit leiser Stimme. »Ich verspreche, daß ich es niemandem verraten werde.« Und ihre Belohnung war die Andeutung eines Nickens.
Es wurde ein langer Weg nach oben. Die Treppen waren schmal und hoch, und Martha merkte, wie ihr der Atem allmählich ausging, während sie Agnes folgte, hinauf in den Glockenturm.
»Schwester Paul war über achtzig, nicht wahr? Ist sie oft hier heraufgegangen?« keuchte sie.
»Nein, nur wenn sie das Bedürfnis hatte. Sie hat mich im vergangenen Winter mit hinaufgenommen, und am nächsten Tag ist sie gestorben.«

»Kein Wunder«, murmelte Martha. Sie rang keuchend nach Luft. Vor ihr schritt Schwester Agnes leichtfüßig wie eine Bergziege nach oben, wobei sie von Stufe zu Stufe hüpfte. *Anscheinend werde ich langsam alt.* Und laut fragte sie: »Agnes, was halten Sie eigentlich von Babys?«
»Ach, die machen mir Angst. Ich habe Angst, daß ich sie fallen lasse. Sie haben eine weiche Stelle am Kopf, und wenn man sie fallen läßt, und sie landen auf dem Kopf, dann werden sie blöde. Mich hat man auf den Kopf fallen lassen. Deshalb verstehe ich vieles nicht«, gestand sie.
»Zum Beispiel, was?« War Agnes tatsächlich auf den Kopf gefallen, oder war das ein weiterer grausamer Scherz, den man mit einem wehrlosen Kind getrieben hatte?
Agnes zuckte leicht mit den Schultern. »Zum Beispiel Zahlen. Man kann sein ganzes Leben lang zählen und kommt doch nicht ans Ende.«
»Da geht es mir nicht anders als Ihnen«, gestand die Ärztin lächelnd. »Glauben Sie, daß ich auch auf den Kopf gefallen bin?« scherzte sie.
Aber Agnes nahm das wörtlich, wie sie alles wörtlich nahm. »Hoffentlich nicht«, entgegnete sie ernst und warf Martha dabei einen besorgten Blick zu. »Es ist furchtbar, wenn man auf den Kopf gefallen ist.«
Sie hatten die Spitze des Glockenturms erreicht, eine alte, quadratische Turmstube mit Bogenfenstern in alle Windrichtungen – glaslose Fenster, die offen waren für die Elemente. An Seilen hing die Glocke vom hohen Spitzdach herunter, und unter der Glocke befand sich eine massive Plattform, auf der die Glocke ruhen konnte, wenn einmal ein Seil oder die Aufhängung erneuert werden mußte. Tauben hatten ihre Nester im Glockenturm

gebaut, und der Taubenmist bedeckte die Wände, doch die Nester waren verwaist, die Vögel in wärmere Gegenden gezogen.

Die Glocke selbst war wunderschön. Ein Bronzeguß aus dem vergangenen Jahrhundert, zeigte sie außen und innen Reliefs mit Engelsdarstellungen, und rings um den unteren Rand verlief eine lateinische Inschrift: *SUM VOX ANGELORUM* – Ich bin die Stimme der Engel.

Die Sonne war nach Westen gewandert und hing tief über dem Horizont. Der Himmel im Westen war gefärbt mit langen rosa Streifen, die allmählich in Purpur und Gold übergingen, und die Wolkenformationen darüber schimmerten orangefarben, erhellt von den Strahlen der untergehenden Sonne. Vom Glockenturm aus konnte man meilenweit sehen über das Land mit Bauernhöfen und Dörfern, über die Bäume und die Kirchtürme. Es war atemberaubend; eine Traumlandschaft, erhellt von der sterbenden Sonne.

»Schwester Paul hat gesagt, von hier oben kann ich die ganze Welt sehen«, sagte Agnes leise. »Sie sieht von weitem viel besser aus als von der Nähe.«

»Ja, der Ausblick ist wunderschön«, stimmte ihr Martha zu.

Sie gingen auf die Plattform unter der Glocke, und Schwester Agnes bückte sich, so daß sie unter die Glocke kriechen und hinaufsehen konnte in die eherne Kuppel. »Manchmal stelle ich mich unter die Glocke und singe. Das gibt einen wunderschönen Ton.« Sie atmete tief ein und sang einen einzelnen, lang aushaltenden Ton. Das Geräusch wurde reflektiert, bis der ganze Turm davon erfüllt war. Dann lachte Agnes wie ein Kind.

»Was passiert, wenn die Glocke läutet, während Sie darunter sind?« wollte Martha wissen.

»Dann ist es noch wunderbarer.« Agnes lächelte verklärt. Die Psychiaterin trat sehr vorsichtig auf die Plattform, duckte sich unter die Glocke und setzte sich neben Agnes. Dann lachten beide wie zwei Verschwörer, die ein wichtiges Geheimnis teilten.
»Es ist, als ob ich mich vor meiner Mutter versteckte, als kleines Mädchen«, sagte die Ärztin.
»Wo haben Sie sich denn versteckt?« fragte Agnes.
»Ich hatte kein so schönes Versteck.« Eine Minute lang saßen sie schweigend nebeneinander, eine innige Gemeinschaft, als wären sie miteinander verwandt. Schwestern? Nein, der Altersunterschied deutete eher auf Mutter und Tochter hin. Ist es so, wenn man ein Kind hat? fragte sich Martha. Dieses Gefühl einer schweigenden Kommunikation – eine seltene, kaum jemals erlebte Sensation, aber welche Erfüllung! Und Martha fühlte, daß ihr da etwas Entscheidendes im Leben entgangen war.
Über ihnen wölbte sich die Glocke, als wären sie in einem kleinen Haus, ja vielleicht sogar in einem Schoß. Ein einzelner Lichtstrahl drang von der Aufhängung des Klöppels, und er warf schwaches Licht auf die Engelreliefs.
»Agnes, hast du jemals daran gedacht, das Kloster zu verlassen? Um irgend etwas anderes zu tun?«
Das Mädchen schüttelte entschieden den Kopf. »O nein, es gibt nichts anders. Wenn ich hier bin, kann ich nachts schlafen.«
»Hast du Schwierigkeiten mit dem Schlafen?« fragte Martha vorsichtig.
»Ich habe Kopfschmerzen. Mammi ist es genauso gegangen. Aber *sie* war nicht auf den Kopf gefallen. Sie wußte Dinge, die außer ihr niemand sonst gewußt hat.«

»Was für Dinge?«
»Sie hat gewußt, was mit mir geschieht, und deshalb hat sie mich immer versteckt.«
Martha fühlte, wie sich ihr Puls beschleunigte. Noch nie war sie dem Problem so nahe gekommen. War es möglich, daß Agnes ihr etwas enthüllen, etwas Entscheidendes verraten würde, etwas, das es ermöglichte, die einzelnen Steinchen dieses Puzzles zusammenzusetzen?
Vorsichtig jetzt. Ganz behutsam. Erschreck sie nicht. Sie scheint dich als Freund zu akzeptieren.
»Wieso hat sie es gewußt?«
»Jemand hat es ihr gesagt«, antwortete Agnes treuherzig.
»Wer?«
»Ich weiß nicht.«
Aber natürlich wußte sie es. Und sie war auch bereit, darüber zu sprechen. »Agnes«, drängte die Ärztin.
Das Mädchen schüttelte den Kopf. »Sie würden mich auslachen.«
»Ich verspreche, daß ich nicht lache. Wer hat es ihr gesagt?«
Agnes wandte sich Martha zu. »Ein Engel«, sagte sie. »Als sie wieder mal ihre Kopfschmerzen hatte.«
»Hat Ihre Mutter öfters Engel gesehen?«
»Nein.«
»Und Sie?«
»Nein«, antwortete Agnes, aber zu rasch. Die Psychiaterin entschloß sich, später darauf zurückzukommen. »Glauben Sie, daß Ihre Mutter die Engel wirklich gesehen hat?«
»Nein«, sagte Schwester Agnes langsam, »aber das konnte ich ihr nie sagen.«
»Warum nicht?«
Das Gesicht der Nonne verdüsterte sich. »Sie wäre sehr

wütend geworden«, sagte sie mit gepreßter Stimme. »Sie hätte mich bestraft.«
»Wie hätte sie Sie bestraft?« Dr. Livingston suchte die Augen des Mädchens mit den ihren, und ihre Worte waren so leise, daß man sie nur innerhalb der Glocke hören konnte, die alle Geräusche verstärkte.
Aber Agnes wich ihrem Blick aus. Was immer es war, an das sie sich erinnerte, es war ein zu bitterer Gedanke, als daß sie ihn mit Martha hätte teilen wollen. »Sie hätte mich bestraft«, murmelte sie und kroch unter der Glocke hervor, trat dann an eines der offenen Bogenfester.
Auch Dr. Livingston verließ den Schutz der Glocke, machte aber keine Anstalten, der jungen Nonne zu folgen. Statt dessen blieb sie auf der Plattform stehen und zündete sich eine Zigarette an. Ihr Herz klopfte wie wild vor Aufregung, doch sie mußte ruhig und natürlich erscheinen. Wenn sie verriet, daß sie noch viel mehr erfahren wollte, konnte es sein, daß Agnes Angst bekam, und damit wäre die erste echte Bindung, die erste wirkliche Kommunikation zwischen ihnen rasch wieder zerstört worden.
»Haben Sie Ihre Mutter geliebt?« Sie wechselte das Thema, steuerte aber noch immer einen gefährlichen Kurs, ohne zu wissen, wohin er führte.
»O ja! Ja.« Agnes lächelte.
»Haben Sie jemals selbst Mutter werden wollen?« *Wir müssen auf das Baby zurückkommen. Irgendwie muß ich sie dazu bringen, daß sie von dem Baby spricht.*
»Ich könnte nie eine Mutter sein.« Das Mädchen zog die Stirn in Falten, und ihre grauen Augen verdunkelten sich zu tiefem Blau.
»Warum nicht?«

»Ich glaube, ich bin nicht alt genug. Außerdem will ich kein Kind.«
»Warum nicht?« fragte Martha wieder.
»Weil ich keines will.« Auf dem Gesicht war jetzt eine störrische Verstocktheit zu erkennen, einen Ausdruck, den Dr. Livingston bis dahin noch nicht an ihr bemerkt hatte.
Vorsichtig. Sprich ganz beiläufig, so, als wenn es dich nur oberflächlich interessierte. »Aber wenn Sie eines wollten, wie würden Sie es bekommen?«
»Von jemandem, der sein Baby nicht haben will«, antwortete Schwester Agnes prompt.
»Jemand wie Sie?«
»Nein. Nicht wie ich.« Sie schüttelte heftig den Kopf.
»Aber wie würde diese Person das Baby bekommen, wenn sie es nicht wollte?«
»Durch einen Fehler.« Das Mädchen rümpfte angewidert die Nase.
Martha hielt den Atem an. »Und wie hat Ihre Mutter Sie bekommen?«
»Es war ein Fehler! Ein Fehler, hören Sie!« rief Agnes, und ihre Lippen zitterten wie die eines Kindes, das gleich zu weinen anfängt.
»Hat sie das gesagt?«
Das Mädchen verschränkte die Hände, löste sie dann wieder nervös. Jetzt schrie sie, und ihr Gesicht war rot vor Zorn. »Sie versuchen mich dahin zu bringen, daß ich sage, sie ist eine schlechte Frau gewesen«, schleuderte sie der Psychiaterin ins Gesicht, »daß sie mich gehaßt hat und mich nicht haben wollte, aber das ist nicht wahr. Sie war eine gute Frau, eine Heilige. Sie wollen nur nicht das Gute über sie hören.«
Diesen Wutausbruch sah die Ärztin als ein positives

Zeichen, einen echten Gefühlssturm und eine Bresche in der Verteidigungslinie des Mädchens. Das war der Augenblick, auf den sie gewartet hatte. Vielleicht gelang es Martha jetzt, die Seele von Agnes noch weiter zu öffnen, daß sie die Fakten klarlegte, die ihr Geheimnis umgaben. Vielleicht war diese Wut imstande, die Wahrheit zu enthüllen. Martha ging langsam auf die junge Nonne zu, die ebenso langsam zurückwich.
»Agnes, ich kann mir nicht vorstellen, daß Sie gar nichts über Sexualität wissen ...«
»Ich kann doch nichts dafür, wenn ich dumm bin!« rief das Mädchen.
»Oder daß Sie sich nicht an die Schwängerung erinnern ...«
»Es ist nicht meine Schuld!« schrie Agnes.
»Und daß Sie nicht glauben, daß Sie ein Kind im Leib getragen haben!«
»Es war ein Fehler!« Die Stimme des Mädchens erhob sich zu einem Kreischen, das in leisem Schluchzen endete.
»Was war ein Fehler? Das Kind?« fuhr Martha erbarmungslos fort.
»Alles! Nonnen haben keine Kinder!« schluchzte sie gebrochen.
Dr. Livingston streckte ihr die Hand entgegen, die Hand, mit der sie die Zigarette hielt. Der Anblick der brennenden Zigarette ließ Agnes entsetzt zusammenzucken, und sie wehrte Marthas ausgestreckte Hand ab.
»Berühren Sie mich nicht so! Sie dürfen mich nicht so berühren!« Ihre Schreie klangen nach aufrichtiger Angst.
Durch das Zurückweichen verlor das Mädchen die Balance, und es schwankte einen Augenblick, gefährlich

nahe an einem der offenen Bogenfenster. Augenblicklich zog Martha Agnes zurück in die Sicherheit.
Aber Agnes riß sich los aus Marthas schützendem Griff, als wäre die Ärztin des Teufels. Dabei berührte ihre Hand instinktiv das Kruzifix, das ihr an einer Kette um den Hals hing und auf dem weißen Skapulier ihres Gewandes lag. »Ich weiß genau, was Sie von mir wollen!« schrie sie am Rande der Hysterie. »Sie wollen mir Gott wegnehmen. Sie sollten sich schämen. Leute wie Sie sollte man einsperren, ja!« Dann wirbelte sie herum und rannte die Stufen hinunter.
Die Psychiaterin konnte ihr nur nachstarren, verwirrt und mehr als nur ein wenig verletzt. Hatte Agnes recht? Versuchte sie tatsächlich, dem Mädchen Gott wegzunehmen? Versuchte sie mit ihrer Leidenschaft für das Rationale, das wissenschaftlich Erklärbare, diesem Mädchen etwas zu rauben, was ihm ebenso kostbar war – das emotionelle Zuhause an der Brust der Kirche als Braut von Jesus Christus? Aber Martha wollte doch nur, daß Agnes hervortrat hinter der Barriere des Mystizismus, die sie mit so viel Mühe gegen die Wahrheit errichtet hatte, und daß sie die Realität erkannte. Selbst wenn es ihr gelänge, Agnes herüber in die reale Welt zu zerren – mußten sie beide dann nicht einen allzu hohen Preis dafür bezahlen?

Schwester Agnes *(Meg Tilly)*, eine junge Nonne, die unter Anklage steht, ihr Kind im Kloster geboren und anschließend getötet zu haben.

Dr. Martha Livingston *(Jane Fonda)*, Gerichtspsychiaterin aus Montreal, der die schwere Aufgabe übertragen wurde, den Geisteszustand von Schwester Agnes zu beurteilen.

Sie hält Agnes für eine Patientin, die von mancherlei Besessenheit geheilt werden muß.

Die Oberin des Klosters, Mutter Miriam Ruth *(Anne Bancroft)*, glaubt fest daran, daß Agnes von Gott berührt und daher nicht für das Geschehene verantwortlich ist.

Bei Spaziergängen im Klostergarten kommen sich Agnes und Dr. Livingston näher.

Schwester Agnes singt mit einer reinen, engelhaften Stimme, die ihre Zuhörer ebenso verzaubert wie sie selbst.

Die Aufgabe, den Geisteszustand der jungen Nonne zu beurteilen, erweist sich als überaus schwierig; Dr. Martha Livingston muß Psychiater und Detektiv in einer Person sein.

▲Dr. Livingston weiß, wie schmerzhaft es ist, in die Seele von Agnes vorzudringen. Doch sie kennt keinen anderen Weg.

▼Die Spannung zwischen der Oberin und Dr. Livingston kommt zur Entladung; dennoch empfinden die beiden Frauen eine Art Zuneigung zueinander.

Agnes glaubt, Gott selbst gesehen zu haben und berichtet der Oberin und Dr. Livingston in grenzenloser Verzückung darüber.

Bis zum letzten Augenblick hält Mutter Miriam Ruth an der Unschuld von Schwester Agnes fest.

7

Die Oberin bebte vor kalter Wut. Der Anblick von Agnes, die in Tränen aufgelöst war, hatte all ihre Schutzinstinkte geweckt. Als Dr. Livingston dann in ihr Büro kam, war Mutter Miriam zum Zweikampf bereit – mit harten Bandagen.

»Was haben Sie zu Schwester Agnes gesagt?« fuhr sie die Ärztin an.

»Ich habe ihr ein paar Fragen gestellt. Deshalb bin ich ja hier, nicht wahr?« konterte die Psychiaterin zu ihrer Verteidigung. »Um die Wahrheit herauszufinden.«

Die beiden Frauen standen einander im Dämmerlicht des Raums gegenüber. Im Kloster der Kleinen Schwestern von Maria Magdalena versuchte man, so wenig wie möglich von der Außenwelt abhängig zu sein, und das schloß auch das Elektrizitätswerk ein. Wenn die Nonnen ganz auf elektrische Energie hätten verzichten können, dann hätten sie das gern getan. Immerhin benützten sie das elektrische Licht so sparsam wie möglich, und selbst das Büro der Oberin wurde nur von einer einzigen Schreibtischlampe erhellt, die groteske Schatten an die Wände warf und die Gesichter der Frauen von unten beleuchtete.

»Sie hassen uns, nicht wahr?« fragte Mutter Miriam Ruth unvermittelt.

Diese Feststellung traf Martha völlig unvorbereitet und riß sie aus dem Gleichgewicht. Kein Zweifel, daß das die Absicht der Klosterfrau gewesen war. *»Was?«* rief die Psychiaterin verblüfft.

»Ich meine, sie hassen die Nonnen.«

»Ich hasse die Ignoranz und die Dummheit«, erwiderte Martha, der ziemlich unbehaglich zumute war.

»Und die katholische Kirche«, warf ihr die Oberin vor.
Martha befand sich auf schwankendem Grund, das war ihr deutlich bewußt. Dennoch versuchte sie, die Behauptung von Mutter Miriam Ruth abzustreiten. »Ich habe kein einziges Wort gesagt gegen –«
Doch die Oberin fiel ihr energisch ins Wort. »Hier geht es um ein menschliches Wesen, mit dem Sie zu tun haben, nicht um eine Institution.«
Martha richtete sich auf. »Und gerade diese Institution hat eine Menge damit zu tun, daß –«
Es war klar zu erkennen, daß die Oberin sie zu diesem Thema nicht ausreden lassen wollte. »Der katholische Glaube steht hier nicht zur Debatte«, unterbrach sie mit Härte. »Ich verlange, daß Sie sich mit Agnes befassen, aber ohne Ihre religiösen Vorurteile – sonst sollten sie den Fall besser einem Kollegen übertragen.«
»Wie können Sie es wagen, mir vorzuschreiben, wie ich meine Arbeit tun soll!« wehrte sich Martha wütend.
»Es geht da schließlich auch um meine Interessen!« entgegnete die Oberin, ebenso zornig wie Martha.
Die beiden Frauen explodierten, schrien sich an, so laut sie konnten, unterbrachen einander mitten im Satz, und jede von ihnen schien entschlossen zu sein, ihre Meinung durchzusetzen, ohne die Argumente der anderen auch nur anzuhören. Es kam ihnen beiden so vor, als gehe es hier und jetzt um das Schicksal von Agnes, das ausschließlich vom Ergebnis dieses Streits abhinge.
»Wie kommen Sie auf den abwegigen Gedanken, ich ließe mich in meiner Position unter Druck setzen?« tobte Martha.
»Ich will ja nur, daß Sie sich fair verhalten«, konterte die Oberin.
»Und ich lasse mich nicht beeinflussen, von nichts und

von niemandem! Für wen halten Sie sich eigentlich? Sie spielen sich hier auf als allmächtige Halbgöttin – erwarten Sie vielleicht auch noch Beifall für das, was Sie diesem armen Kind angetan haben?«
»Agnes ist kein Kind mehr«, erklärte Mutter Miriam Ruth tonlos.
»Und sie hat ein Recht darauf, genau das zu erfahren!« fuhr Martha fort. »Sie muß wissen, daß es da draußen eine Welt gibt mit Menschen, die nicht an Gott glauben und denen es deshalb keineswegs schlechter geht als Ihnen. Menschen, die ihr ganzes Leben lang vor niemandem gekniet haben! Und Menschen, die sich verlieben, die Kinder zeugen und gelegentlich sogar sehr glücklich sind. Sie hat ein Recht darauf, das zu erfahren. Aber Sie und Ihr Orden und Ihre Kirche achten sorgsam darauf, daß sie in Unwissenheit verharrt –«
»Dazu wären wir wohl kaum in der Lage, selbst wenn wir es wollten –«
» – weil Unwissenheit etwas Ähnliches ist wie Jungfräulichkeit, nicht wahr? Armut, Keuschheit und Ignoranz. Das ist es, wovon Ihr Orden, wovon Ihre Kirche zehrt.«
»Ich bin nicht jungfräulich, Doktor«, sagte die Oberin leise.
Martha riß überrascht die Augen auf und hielt in ihrem aufgeregten Redeschwall inne. Mutter Miriam Ruth setzte ihr kleines, schiefes Lächeln auf, als sie die Überraschung auf der sonst meist undurchsichtigen Miene von Dr. Livingston erkannte.
Dann ging die Oberin zu ihrem Schreibtisch, öffnete die oberste Schublade und nahm eine kleine, gerahmte Photographie heraus. »Ich war dreiundzwanzig Jahre verheiratet und habe zwei Töchter.« Sie warf das Photo auf die Schreibtischplatte als Beweis. Die Gesichter zweier jun-

ger Frauen lächelten die sprachlose Psychiaterin an. »Ich habe sogar Enkel. Überrascht sie das?«
Ein Blick auf Dr. Livingston sagte ihr, wie wirksam ihre Enthüllung war. Befriedigt darüber, legte Mutter Miriam Ruth das Photo wieder in die Schublade und schob sie zu.
»Es wird Sie vielleicht freuen zu hören«, fuhr sie dann fort, »daß ich als Frau und als Mutter ein Versager war. Vermutlich, weil ich meine Kinder vor *nichts* bewahrt habe. Sie wollen mich heute nicht mehr sehen. Das ist ihre Rache. Ich glaube, sie erzählen ihren Freunden, daß ich schon tot bin. Oh, ›Doktor Freud‹, aber nun kommen Sie mir nicht damit, daß ich durch mein Leben im Kloster versuche, vergangene Fehler wiedergutzumachen.«
Martha schüttelte den Kopf; das war es nicht, was sie sagen wollte; das hatte sie nicht einmal gedacht. Ihre Gedanken waren, daß die Oberin, die selbst Ehefrau und Mutter gewesen war, eigentlich mehr Verständnis aufbringen müßte als eine Frau, die ihr ganzes Leben unter dem Zölibat verbracht hatte.
»Sie können ihr helfen«, begann Martha, und ihre blauen Augen suchten den Blick der Oberin.
»Ich bin dabei, ihr zu helfen. Mit allem, was in meiner Macht steht.«
»O nein«, widersprach Martha heftig. »Sie versuchen nur, sie abzuschirmen. Lassen Sie das Mädchen endlich die große, böse Welt sehen.«
»Haben Sie damit vielleicht sich selbst gemeint?« Mutter Miriam Ruth zog eine Augenbraue hoch, ihre Andeutung von Sarkasmus.
»Wenn Sie das glauben, meinetwegen«, antwortete Martha schlicht.
»Und wozu wäre das gut?« rief die Oberin erregt. »Wie Sie

auch entscheiden, es geht nur um die Frage, ob Agnes ins Gefängnis muß oder ins Irrenhaus, und der Unterschied zwischen beiden Institutionen ist sehr gering.« Sie verzog das Gesicht und sah plötzlich viel älter aus, sogar älter, als sie nach Jahren sein konnte.
»Es gibt immerhin eine dritte Möglichkeit«, sagte Martha langsam.
»Und die wäre?«
»Ein Freispruch.« Das Wort überraschte sie selbst, als sie es ausgesprochen hatte.
Jetzt flackerte Hoffnung in den dunklen Augen der Oberin auf, wurde jedoch gleich darauf zu Argwohn.
»Und wie?« fragte Mutter Miriam Ruth.
»Unschuld – erwiesene Unschuld im Sinne des Gesetzes. Ich weiß, daß der Richter nur allzu glücklich wäre, diesen Fall auf eine alle Seiten befriedigende Weise beilegen zu können.«
Danach herrschte Stille, während die Oberin über die Worte der Psychiaterin nachdachte, ein Schweigen, bei dem Hoffnung geboren wurde.
»Was brauchen Sie dazu?« fragte Mutter Miriam Ruth.
»Antworten.«
»Fragen Sie.« Zwischen ihnen war ein unausgesprochener, noch sehr unsicherer Waffenstillstand geschlossen worden.
Martha nahm ihr Zigarettenpäckchen und ihr Notizbuch aus der Ledertasche. Sie zündete sich eine Zigarette an und blätterte dann ihre Notizen durch. »Wann dürfte Agnes das Kind empfangen haben?«
»Irgendwann im Januar.«
»Erinnern Sie sich daran, ob damals etwas Ungewöhnliches geschehen ist?«
Wieder zog die Oberin die Augenbrauen hoch. »Meinen

Sie so etwas wie ein Erdbeben?« fragte Mutter Miriam Ruth trocken.
»Ich meinte eher Besucher im Kloster!«
Die Oberin schüttelte den Kopf. »Nichts dergleichen.«
»Führen Sie ein Tagebuch? Oder machen Sie sich vielleicht Notizen über die täglichen Ereignisse?«
»Ja.«
»Dann sehen Sie bitte nach.«
»Das habe ich bereits getan.«
»Sehen Sie noch einmal nach.«
Mutter Miriam Ruth öffnete eine Seitenschublade ihres Schreibtischs und kramte darin herum. Hier befanden sich ein paar ledergebundene Notizbücher, das Kontobuch, das Buch über die Abrechnungen mit den Lieferanten und zuletzt das Buch mit den Ereignissen des Tages, nicht unähnlich dem Logbuch eines Kapitäns. Sie legte es vor sich auf den Schreibtisch und begann die Seiten durchzublättern, bis sie den Zeitabschnitt erreicht hatte, auf den es ankam. Dann begann sie genauer zu lesen. Aber zuletzt schüttelte sie den Kopf.
»Hier ist nichts.«
»War das Baby denn ein Neunmonatskind?« fragte Dr. Livingston.
Plötzlich riß die Oberin die Augen auf, als ob sie etwas bemerkte, das ihr bis dahin nicht aufgefallen war. »O mein Gott«, keuchte sie, während sie rasch zurückblätterte.
Martha beugte sich aufgeregt vor. »Was ist?«
Mutter Miriam Ruth antwortete nicht; sie blickte auch nicht auf. Statt dessen prüfte sie die Eintragungen in dem Buch, diesmal sehr eingehend, Seite für Seite, und ihre Finger begannen zu zittern. »Das Bettzeug«, murmelte sie.

»Was für Bettzeug?«
»Mein Gott, ich hätte es wissen müssen. Ich hätte vermuten müssen ...«
»Sagen Sie es mir!« drängte Martha. »Es ist sicher von großer Bedeutung, daß ich es erfahre.«
»Ja«, erwiderte Mutter Miriam Ruth langsam, »ich glaube, das ist es in der Tat. Ich glaube, Sie haben ein Recht darauf, es zu erfahren.« Sie schob das Notizbuch beiseite, als wäre es ansteckend, und biß sich nachdenklich auf die Unterlippe, um die ganze Geschichte aus dem Gedächtnis zurückzurufen.
Die Ärztin beugte sich gespannt vor und hatte den Blick aufmerksam auf das Gesicht der älteren Frau gerichtet.
»Zur Vespermesse hatte Pfarrer Martineau die Kommunion ausgeteilt. Ich hatte schon am Vormittag mit Schwester Agnes sprechen wollen, dann jedoch meine Meinung geändert. Aus selbstsüchtigen Gründen, wie ich fürchte. Ich hatte das Gespräch lediglich deshalb auf später verschoben, weil ich Agnes nicht vor der Abendmesse aufregen wollte. Sie singt wunderbar, wie Sie ja wissen. Eine Stimme des Himmels. Ich vermute, ich wollte sie singen hören, das Gloria, das Credo und die Responsorien. Außerdem hat sie sich immer sehr auf die wöchentlichen Besuche des Pfarrers und auf die Messe gefreut. Sie beichtet so gern bei ihm – hat sie Ihnen das nicht gesagt?«
»Ja, das hat sie«, sagte Martha sehr leise.
»Jetzt erinnere ich mich ganz deutlich«, fuhr die Oberin fort. »Wir hatten zu Abend gegessen, und der Pfarrer war zurückgefahren ins Dorf. Die Nonnen räumten den Tisch ab und legten das Tischtuch zusammen, aber ich nickte Agnes zu und bedeutete ihr, daß sie sitzenbleiben solle. Ich hatte die Absicht, mit ihr zu sprechen, ihr Fragen zu

stellen, um das, was sie verbarg, herauszuziehen ans Licht. Sie war damals noch Novizin, hatte noch nicht die letzten Gelübde abgelegt.
Wissen Sie, ein entscheidender Teil des Klosterlebens besteht in der Tatsache, daß wir eine Einheit sind und keine Geheimnisse voreinander haben. Das Leben einer Nonne ist wie ein offenes Buch. Wir leben alle nach denselben Regeln, wir folgen derselben, vorgeschriebenen täglichen Routine – was hätte also eine von uns vor ihren Schwestern in Christo zu verbergen? Und deshalb ist es Pflicht der Nonnen, es der Oberin zur Kenntnis zu bringen, falls eine von ihnen in irgendeiner Weise von dieser Routine abweicht. Und es ist Pflicht der Oberin, die Schwester in Anwesenheit der anderen Schwestern zu befragen, so daß alle von den Anweisungen der Oberin erfahren und Nutzen daraus ziehen können.
›Schwester Marguerite sagt mir, daß du ohne Bettzeug auf einer nackten Matratze schläfst, Schwester. Stimmt das?‹ frage ich Agnes mit etwas mehr Strenge als sonst, da dies immerhin eine öffentliche Zurechtweisung sein soll.
Stellen Sie sich vor, daß alle Anwesenden sie ansehen; Agnes senkt den Kopf, und ihr blasses Gesicht wird rot vor Verlegenheit.
Sie sagt: ›Ja, Ehrwürdige Mutter‹, mit so leiser Stimme, daß ich sie kaum hören kann.
›Und warum?‹
›Im Mittelalter haben Nonnen und Mönche in ihren Särgen geschlafen‹, flüsterte Agnes.«
»Du liebe Güte!« Martha konnte nicht umhin, diesen Zwischenruf auszustoßen, und die Oberin machte eine Handbewegung, die andeutete, daß solche Einwürfe überflüssig seien.

»Genau das hat auch Schwester Marguerite gesagt, und sie hat noch abfällig geschnaubt dazu, wie das ihre Art ist. Daraufhin habe ich ihr einen Blick zugeworfen, der sie zum Schweigen brachte. ›Wir sind aber nicht mehr im Mittelalter‹, sage ich zu dem Mädchen.

›Davon sind sie heilig geworden‹, war ihre Antwort. Sie kann manchmal sehr stur sein.

›Jedenfalls dürfte es weder angenehm noch nützlich gewesen sein‹, erwidere ich. ›Wenn sie nachts nicht gut geschlafen haben, waren sie am nächsten Tag lahm wie die Maulesel.‹ Während ich das sage, sehe ich Schwester Marguerite in den Augenwinkeln, und ich glaube, sie hat kapiert, worauf ich hinaus will. Danach wende ich die volle Aufmerksamkeit wieder Schwester Agnes zu.

›Schwester, wo ist dein Bettzeug?‹

Das Mädchen weicht meinem Blick aus und schweigt. Irgend etwas ist da zweifellos nicht in Ordnung, aber was?

›Glaubst du wirklich, das Schlafen auf einer nackten Matratze entspricht dem Schlafen in einem Sarg?‹

›Nein‹, räumt sie ein, wenn auch sehr zögernd. Ich merke, wie sie dieses Kreuzverhör haßt, namentlich vor den anderen. Aber ich kann nicht umhin, weiterzumachen, und bin entschlossen, der Sache auf den Grund zu gehen.

›Dann sag mir, wo deine Laken sind.‹ Und ich zwinge sie allein durch Willensstärke, mir in die Augen zu sehen.

Mit schamroten Wangen flüstert Agnes: ›Ich habe sie verbrannt.‹

›Warum?‹

›Sie hatten Flecken.‹

Jetzt wird mir alles klar, und ich bin wirklich ärgerlich. Nichts ist geschehen, alles ist völlig normal, hier bei uns und in der Welt außerhalb dieses Klosters. Ich stehe auf und hebe die Stimme, damit mich jeder klar und deutlich hören kann.

›Schwester, wie oft habe ich versucht, dir in deinen dicken Schädel zu trommeln und in die dicken Schädel deiner Mitschwestern...‹ Ich werfe einen harten Blick auf Geneviève, und das arme Mädchen beginnt zu zittern. ›...daß die Menstruation ein vollkommen natürlicher Prozeß ist, über den man sich nicht zu schämen braucht.‹

›Ja, Ehrwürdige Mutter‹, flüstert Agnes. Sie ist wie versteinert.

›Wiederholt es.‹ Und ich funkle meine beiden jüngsten Klosterinsassen an. Mädchen in diesem Alter haben häufig eine überspannte Einstellung gegenüber ihrem Körper und dessen normalen Funktionen. Fügt man religiösen Eifer hinzu und die Berufung, sein Leben Gott zu weihen, so kommt dabei nicht selten ein Mensch heraus, der mit den körperlichen Dingen einfach nicht fertig wird. Es braucht Zeit und Geduld, aber man kann ihnen darüber hinweghelfen.

›Es ist ein vollkommen natürlicher Prozeß‹, wiederholen Schwester Agnes und Geneviève pflichtschuldig im Chor, ›über den man sich nicht zu schämen braucht.‹ Aber ich sehe deutlich, daß sie nicht mit dem Herzen dabei sind.

›Ihr müßt es auch glauben!‹ brülle ich. Wissen Sie, eine Oberin hat manches von einem Sergeanten an sich, der seine Rekruten gelegentlich drillen muß.«

»Das habe ich erlebt«, murmelte Martha, doch die Oberin ließ sich dadurch nicht aus ihren Erinnerungen reißen.

»Die beiden Mädchen fangen noch einmal an. ›Es ist ein

vollkommen natürlicher Prozeß...‹ An dieser Stelle stockt Agnes und bricht in Tränen aus.
Nun ist es nicht unsere Art hier im Kloster, einander zu berühren, jedenfalls nicht oft, und nur dann, wenn wir es nicht vermeiden können. Aber Agnes ist so beschämt und verwirrt, und ich fühle, daß da noch mehr dahintersteckt. Kann es Angst sein? Aber warum Angst? Immerhin habe ich meine eigenen Kinder oft genug in den Armen gehalten, wenn sie Angst hatten. Mag es also noch so ungewöhnlich im klösterlichen Leben sein, ich fand es natürlich, zu Agnes hinzugehen, ihr einen Arm um die Schulter zu legen und ihr damit wenigstens für den Augenblick körperliche und geistige Sicherheit zu geben.
›Vor ein paar Jahren‹ sage ich, ›ist eine unserer Schwestern zu mir gekommen, in Tränen aufgelöst, und hat mich um Trost gebeten. Trost, weil sie zu alt geworden war, um noch Kinder zu bekommen. Nicht, daß sie vorhatte, welche zu kriegen‹, ich lächelte, ›aber einmal im Monat war sie bis dahin an die Möglichkeit einer Mutterschaft erinnert worden. Trockne also deine Augen, Schwester, und danke Gott, daß er dich mit dieser Möglichkeit gesegnet hat.‹«
Ein Stich von irgend etwas, das nicht weit entfernt war von Bitterkeit, drang Martha ins Herz. Bei ihr war diese Möglichkeit nicht mehr vorhanden.
»Aber Agnes hat mich gar nicht angesehen. Sie hatte den Blick auf den Tisch gerichtet, als wolle sie sich unter dem dunklen, polierten Holz verstecken. Dabei verzerrte sie wieder das Gesicht, schien gleich losheulen zu wollen. ›Das ist es nicht. Nein, das meine ich ja nicht.‹ Und dabei zuckte ihr Körper hin und her.
›Was meinst du denn?‹ frage ich sie.

›Es sind ja gar nicht meine Tage.‹ Jetzt merke ich, daß sie einem Tränenausbruch ganz nahe ist.
Die Sache macht mir Sorgen. Die Appetitlosigkeit war schlimm genug, aber eine Blutung außerhalb des Zyklus' konnte ein Anzeichen für etwas noch wesentlich Schlimmeres sein. ›Möchtest du dich von einem Arzt untersuchen lassen?‹ frage ich sie und drehe sie dabei herum, daß sie mich anschauen muß.
Sobald sie mein besorgtes Gesicht erkennt, quillt es aus ihr – die verborgene Angst. ›Ich weiß nicht‹, und dabei stöhnt sie fast. ›Ich weiß nicht, was geschehen ist, Ehrwürdige Mutter. Ich bin aufgewacht, und da war Blut auf dem Laken, aber ich verstehe nicht, was geschehen ist. Ich weiß nicht, was ich Böses getan habe. Ich weiß nicht, warum ich bestraft werde!‹ Tränen laufen ihr über die Wangen; ich habe sie noch nie so unglücklich und verängstigt gesehen.
›Bestraft? Wofür denn?‹ frage ich.
›Ich weiß es doch nicht!‹ schluchzt sie, und die anderen Nonnen stehen herum wie auf einem gemalten Tableau und starren uns an. Agnes hält sich an mir fest und weint heftig.
›Schwester...‹ beginne ich, aber ihre kleinen Hände klammern sich so sehr an mich, daß es weh tut; sie klammert sich an mich, wie sich ein entsetztes Kind an seine Mutter wirft.
›Ich weiß es nicht... Ich weiß es nicht...‹ Mehr erfahre ich nicht von ihr, und ich bekomme auch kein weiteres Wort aus ihr heraus.«
»Ist das alles, woran Sie sich erinnern?« fragte die Psychiaterin.
Die Nonne nickte. Das war alles.
»Jetzt verstehe ich es natürlich«, sagte Mutter Miriam

Ruth leise. »Das war der Beginn. Die Nacht der Schwängerung. Deshalb hat sie die Laken verbrannt.«
»Und wann war das?« fragte Dr. Livingston.
»Am dreiundzwanzigsten Januar. In der Nacht, als eine von unseren älteren Schwestern dahingegangen ist.«
Martha erinnerte sich an den Grabstein und fragte: »Schwester Paul?«
»Ja.« Die Oberin schaute etwas erstaunt drein, ließ es aber auf sich beruhen. »Ich habe keine Ahnung, was Schwester Agnes in dieser Nacht getan hat. Ich wurde im Sterbezimmer gebraucht, und dort habe ich den ganzen Abend und die Nacht verbracht.
Obwohl sie sehr alt war, kam das Ende unerwartet für Schwester Paul. Doch sie ist friedvoll dahingeschieden, Gott sei Dank. Pfarrer Martineau kam noch rechtzeitig, um ihr die letzte Ölung zu spenden, und danach versammelten sich die Schwestern vor ihrer Tür, um sich von ihr zu verabschieden und für ihre Seele zu beten. Gott schenke uns allen einen so friedlichen Tod.
Der Arzt war dagewesen und wieder gegangen, aber es gab noch einiges zu tun, um ihr die letzten Stunden zu erleichtern; sie konnte nur schwer atmen, und das Fieber stieg. Also wurde ich gebraucht.
Ich erinnere mich, daß Agnes einmal hereingeschaut hat. Ich sehe sie draußen auf dem Korridor stehen, sehe, wie sie den Kopf durch den Türspalt hereinsteckt, sehe auch die Trauer in ihren Augen. Sie hat die alte Frau geliebt; sicher, jeder konnte Schwester Paul gut leiden; sie war sehr fromm und hatte etwas von Heiligkeit an sich. Aber Schwester Agnes verbrachte so viel Zeit wie möglich mit ihr, und ich hatte nie etwas dagegen. Warum auch? Schwester Paul war ein gütiger Mensch, und Agnes schien von dieser Güte angezogen worden zu sein.

Dabei hielt sie sich ansonsten von den Schwestern fern, vielleicht aus Schüchternheit, vielleicht aber auch aus dem Gefühl, daß sie anders war als die anderen. Schwester Paul schien ihr einziger Freund gewesen zu sein. Ja, ich sehe ihr Gesicht im Türspalt, sehe die traurigen Augen, die auf die Sterbende gerichtet sind. Pfarrer Martineau hält Schwester Paul das Kruzifix an die Lippen zu einem letzten Kuß. Jetzt fällt mir noch etwas ein. Nachdem sie das Kreuz geküßt hatte, drehte Schwester Paul ein wenig den Kopf und schaute zu Agnes hinüber. Und sie sagte etwas zu ihr, oder versuchte etwas zu sagen. Aber was es auch war, ich habe es nicht verstanden.«

»Sind Sie sicher?« fragte Martha. »Überlegen Sie. Irgendein Hinweis...«

Aber die Oberin schüttelte den Kopf. »Ich weiß nicht einmal, ob sie ein Wort hervorgebracht hat. Vielleicht sollte es auch nur ein stummer Segen sein – ich weiß es nicht. Außerdem was konnte es mit dem zu tun haben, was später geschah? Die alte Frau ist in dieser Nacht gestorben.

Was Agnes danach getan hat, wohin sie gegangen ist – ich kann es nicht sagen. Und ich habe auch bisher nicht versucht, es herauszufinden. Wenn Sie mich am Tag danach gefragt hätten, ich hätte wohl geantwortet, daß sie vermutlich in die Kapelle gegangen ist, um für Schwester Paul zu beten. Agnes hat oft allein gebetet.«

»Das also war die Nacht«, sagte Martha leise. »Die Nacht, in der sie ihr Bettzeug verbrannt hat.«

»So muß es gewesen sein«, antwortete Mutter Miriam Ruth erschöpft. »Das Datum paßt.«

»Aber wie ist sie hinausgekommen aus dem Kloster? Und wie danach wieder herein?«

»Glauben Sie mir, ich wüßte das genauso gern wie Sie.

Aber auf diese Fragen scheint es keine Antworten zu geben. Wenn ich dahinterkomme, sage ich es Ihnen. Und wenn Sie es herausfinden, sagen Sie es mir. Abgemacht?«
»Abgemacht«, sagte Martha.

8

Es war kaum eine Überraschung für Dr. Livingston, als sie von Monsignore Tremblay zur Audienz gebeten wurde, um mit ihm den Fall Schwester Agnes zu diskutieren. Sie hatte von Anfang an gewußt, daß die Kirche großes Interesse am Verlauf und Ergebnis zeigen würde; immerhin war Lyon, der Verteidiger, nach dem persönlichen Wunsch des Bischofs vom Monsignore mit der Verteidigung beauftragt worden. Und sie wußte, daß jedes Wort, welches bei diesem Gespräch fiel, dem Bischof übermittelt werden würde. Der Bischof war eine sehr bedeutende Persönlichkeit in Montreal.
Was sie überraschte, war die Tatsache, daß die Kirche so lange gewartet hatte. Martha arbeitete nun schon drei Wochen an der Sache, sicher zwei Wochen länger, als sie zu einem psychiatrischen Gutachten in einem gewöhnlichen Fall benötigt hätte. Und wenn sie die Ungeduld der kirchlichen Autoritäten nicht gefühlt hätte – ihr war zuvor schon von Lyon in eindringlicher Weise darüber berichtet worden. Doch jetzt sollte sie diese Ungeduld aus direkter Quelle erfahren.
Als rechte Hand des Bischofs und mit der vollen Verantwortung auch für das Kloster in Berthierville ausgestattet, kümmerte sich Monsignore um alle unangenehmen

und ermüdenden Aufgaben, und versuchte, sie dem Bischof zu ersparen. *Das schließt wohl auch mich ein*, dachte Martha, als man sie in Monsignores Arbeitszimmer im Bischofspalais führte. Mit Erleichterung entdeckte sie einen Aschenbecher auf dem großen Schreibtisch aus Nußbaumholz und zündete sich gerade eine Zigarette an, als Monsignore hereinkam, wobei ihm die Soutane um die Knöchel flatterte.

Es war ein großer Mann und sah eher vornehm als attraktiv aus; abgesehen davon war er jünger, als es Dr. Livingston von einem Kleriker in seiner Position erwartet hatte. Sie unterstellte ihm dementsprechend zu Recht, daß er ebenso intelligent und ehrgeizig wie fleißig sein mußte. Und sie konnte sich ihn ohne weiteres in den Gewändern eines Erzbischofs vorstellen; sogar im Scharlachrot eines Kardinals hätte er gewiß keine schlechte Figur gemacht.

Er begrüßte sie höflich und bot ihr Kaffee an, den sie ablehnte.

»Ein schöner Tag«, begann Monsignore, »und ich werde später kaum Gelegenheit haben, mir draußen ein bißchen die Beine zu vertreten. Hätten Sie etwas dagegen, wenn wir während unseres Gesprächs einen kleinen Spaziergang unternehmen würden?«

»Ganz und gar nicht.«

Der Park um die Kathedrale und den Bischofssitz war ausgedehnt und sehr gepflegt: sorgfältig geschnittene Hecken begrenzten die üppigen Blumenbeete. Hinter der Kathedrale war die Grünfläche weniger künstlich angelegt und vermittelte ein natürlicheres Landschaftsgefühl. Monsignore Tremblay und Dr. Martha Livingston gingen auf einem Kiesweg zum weniger kultivierten Teil des Parks, und nach einer Weile pfiff Monsignore laut. Gleich danach kam der Hund des Bischofs, ein edler Golden Retriever mit seidigem Fell, auf sie zu, die Leine im Maul. Monsignore beugte sich hinunter, um die Leine am Halsband des Hundes zu befestigen. »Seine Exzellenz haben mich gebeten, Ihnen seine Dankbarkeit auszudrücken für die besondere Mühe, die Sie sich mit diesem Fall machen.«

»Ich danke Ihnen«, erwiderte Martha, doch sie ließ sich nicht täuschen. Der Begriff ›besondere Mühe‹ hieß übersetzt vermutlich ›herumtrödeln‹, und damit irrte sie sich keineswegs.

»Man sagt mir, daß Sie nicht empfehlen, Schwester Agnes zurückzubringen ins Kloster, ganz gleich, wie die Sache ausgeht.«

»Nein«, erklärte die Ärztin entschlossen.

»Nun, wahrscheinlich haben Sie recht damit«, bemerkte der Prälat, und Martha riß erstaunt die Augen auf. »Aber es kann Agnes auf keinen Fall nützen, wenn diese Untersuchung noch lange hinausgezögert wird.«

»Ich habe es nie als eine Untersuchung betrachtet. Warum bezeichnen Sie es so?«

»Ihre Mutter war Patientin im Sankt Katharinen-Heim, bevor Sie sie in ein anderes Pflegeheim gebracht haben.« Es war keine Frage, sondern eine Feststellung.

Dr. Livingston zeigte sich verblüfft über die Wendung, die das Gespräch nahm. »Was hat das mit Schwester Agnes zu tun?«

»Und Sie hatten eine Schwester, die im Kloster gestorben ist«, fuhr Monsignore freundlich und glatt fort.

Martha merkte, wie aus ihrer Magengrube allmählich das Gefühl von Ärger hochstieg. »Wer hat Ihnen das gesagt?« fragte sie entrüstet.

»Gehen Sie noch zur Kirche?«

Sie hatte Mühe, ihren Zorn zurückzuhalten. »Was geht das Sie an?« konterte sie eiskalt.
»Wir fragen uns lediglich, ob Sie in diesem Fall objektive Entscheidungen treffen können.« Die Kälte des Kirchenmannes stand der ihren in nichts nach.
»Hören Sie, nur weil ich mich nicht sämtlichen Dogmen Ihres Glaubens unterwerfe –«
Der Priester schnitt ihr das Wort ab, und jetzt klang seine Stimme weniger scharf. »Uns interessiert es nicht, was Sie glauben, Dokor, aber für Agnes kann es sehr wichtig sein.«
Das war nicht fair, und es war auch nicht das, womit sie gerechnet hatte. Sie hatte gedacht, sie müßte Rechenschaft ablegen, weil es so lange dauerte, bis sie zu einer Beurteilung des Mädchens gelangt war. Nie im Leben hätte sie gedacht, daß sie gezwungen werden würde, ihren Glauben zu verteidigen, oder besser, das Fehlen ihres Glaubens.
»Ich verstehe nicht. Erwarten Sie von mir, daß ich sie einfach verurteile –«
»Jemand wird dafür einstehen müssen, Doktor«, sagte der Priester mit leiser Stimme. »Aber wir sollten gnädig vorgehen – und schnell.«
Martha hielt sich instinktiv eine Hand vor den Mund. *Gnädig und schnell. Gnädig. Ja, glauben sie denn, daß ich nicht gnädig gewesen bin mit Agnes? Werden sie versuchen, mir diesen Fall wegzunehmen? Nein, das darf nicht sein! Das werde ich nicht zulassen!* Aber mit einem Gefühl des Unbehagens hielt sie sich vor Augen, daß die Kirche durchaus über die Macht verfügte, genau das zu tun.

Der leere Raum enthielt keine Geheimnisse mehr, und

die geschrubbten, frisch getünchten Wände konnten nicht sprechen. Wenn sie es gekonnt hätten – was hätten sie gesagt? Wenn Wände außer Ohren auch Zungen hätten – würden sie Martha Livingston vorwerfen, daß sie Schwester Agnes mit Schwester Marie verwechselte? Daß sie versuchte, Agnes dem sterilen Klosterleben zu entreißen, weil sie keine Gelegenheit gehabt hatte, ihre Schwester rechtzeitig herauszuholen? Daß sie Mutter Miriam Ruth bestrafen wollte für die Sünden jener Oberin, welche die verhängnisvolle Entscheidung getroffen und damit das Leben ihrer Schwester Marie ausgelöscht hatte? Die Psychiaterin gab sich einen Ruck und verbannte derartige Fragen entschieden aus ihren Gedanken.

Agnes ist nicht meine Schwester, und Mutter Miriam Ruth ist, wer sie ist – niemand sonst.

»Die Tochter des Teufels ...« Eine alte, knarrende, von Haß triefende Stimme drang in den leeren Raum und in die Gedanken von Dr. Livingston. Martha wandte sich vom Fenster ab und sah, daß Schwester Marguerite in der Tür stand; ihr faltiges Gesicht war eine Maske des Zorns.

»Die Tochter des Teufels, ja, das ist sie. Ich habe es beobachtet. Es ging uns gut, bevor *sie* gekommen ist. Sie hat den Teufel hier eingeschleust.« Die alte Frau tat ein paar Schritte in den Raum. »Sie hatte Blut an ihrer Hand, in jener bewußten Nacht. Ich habe es gesehen«, zischte sie, und ihre Augen waren wie glühende Kohlen in dem weißen Gesicht.

»Agnes?«

»Nein!«

Die alte Nonne kam näher, nahe genug, daß Martha den trockenen, bitteren Geruch des Alters wahrnehmen

konnte. Mit einer Stimme, die kaum mehr als ein Flüstern war, sagte sie zu der Ärztin: »Zwischen den beiden ist mehr Blut, als Sie ahnen.«
»Wovon sprechen Sie überhaupt?« fragte Martha, die so verblüfft war, daß ihr fast die Stimme versagte.
»Cherchez dans les archives du couvent«, flüsterte die Nonne geheimnisvoll.
»Was?«
»Sehen Sie im Archiv des Klosters nach«, wiederholte Schwester Marguerite auf englisch mit schiefem, boshaftem Lächeln. Dann drehte sie sich um, für eine alte Frau erstaunlich flink, und verließ den Raum.
Die Psychiaterin brauchte ein paar Sekunden, um das zu begreifen, was die Nonne angedeutet hatte. Dann eilte sie zur Tür, aber Schwester Marguerite war bereits auf halbem Weg zur Treppe. »Schwester! Schwester!« rief Martha ihr nach, doch Schwester Marguerite drehte sich nicht um und blickte nicht zurück.
Sehen Sie im Archiv des Klosters nach. Die Worte der Nonne schienen in der Luft zu hängen, zu hoch, als daß Dr. Livingston sie erreichen konnte.

Zwischen den Stallungen des Klosters und dem eigentlichen, jetzt noch benützten Stall bestand ein großer Unterschied. Die Stallungen waren zur gleichen Zeit wie das Kloster selbst erbaut worden, in einem Jahrhundert, als die Töchter der Mittelschichten, die keinen Mann gefunden hatten, eine ansehnliche Mitgift ins Kloster einbrachten. Die Stallungen waren für eine Viehherde errichtet worden, während sich das Kloster in diesen Tagen mit einer einzigen Kuh zufriedengab. Die großen Stallungen standen daher leer und wurden, wenn überhaupt, noch gelegentlich als Scheune benützt.

Der Stall dagegen war ein wesentlich kleineres und bescheideneres Bauwerk; dort stand jetzt die Kuh, und dort wurde sie täglich gemolken.
Das Melken war eine Arbeit, die Schwester Agnes liebte. Die Wärme des Stalls, der Geruch der Kuh, ihre festen Flanken und die Geduld, mit der sie über dem Melkeimer stehenblieb – das alles gab Agnes ein Gefühl von Sicherheit und Geborgenheit. Kühe waren friedliche Tiere; gewiß stellte Gott ihre Seelen über die von anderen, dummen Kreaturen.
Agnes melkte gut; die weiße Flüssigkeit strömte zwischen ihren Fingern, und das Euter glänzte von der Salbe, die sie benützten, um zu verhindern, daß sich die Kuh wundrieb. Der Eimer füllte sich rasch. Wenn sie allein gewesen wäre, hätte Schwester Agnes die Wange gegen den warmen Körper der Kuh gepreßt, um das Leben in ihr zu fühlen. Aber sie war nicht allein. Dr. Livingston war bei ihr; es kam Agnes so vor, als sei Dr. Livingston all die Tage unaufhörlich bei ihr. Dazu rauchte sie ständig diese Zigaretten und stellte ihr diese Fragen – bösartige Fragen, die stichelten und stachen und die den Zorn von Agnes weckten, obwohl der Zorn doch eine Todsünde war! Agnes wäre nie auf den Gedanken gekommen, daß diese Fragen sie zornig machen *sollten*, um die wahren Gefühle aus dem Versteck in den Tiefen ihrer Seele zu locken.
Schwester Marguerite hatte ihr erklärt, warum die Ärztin immer wieder herkam: Sie sollte der Polizei sagen, daß sie, Agnes, verrückt sei, oder daß sie nicht verrückt sei, und dann mußte sie wegen Totschlags vor Gericht, mußte im Gerichtssaal vor den vielen Leuten stehen. Agnes wußte, daß Schwester Marguerite sie haßte und daß sie auf sie eifersüchtig war.

Nichtsdestoweniger glaubte sie der alten Nonne und begann allmählich zu verstehen, was die Psychiaterin von ihr wollte.
Es war das erste Mal in ihrem Leben, daß Agnes jemanden ganz für sich hatte. Die Ehrwürdige Mutter war immer so sehr mit den anderen beschäftigt. Ihre eigene Mutter hatte keine Zeit gehabt für sie. Schwester Paul hatte sie geliebt, aber sie war gestorben. Pfarrer Martineau liebte jeden Menschen gleich. Aber Dr. Livingston konzentrierte sich nur auf Agnes. Warum mußte es ausgerechnet Dr. Livingston sein?
Warum kann sie mich nicht in Ruhe lassen? Warum quält sie mich mit diesen Fragen, die immer darauf hinauslaufen, daß ich eine Sünde begehe?
»Schwester Marguerite glaubt, ich bin krank. Ich weiß, Sie glauben auch, daß ich krank bin. Aber ich bin nicht krank.«
»Krank vielleicht nicht«, erwiderte die Ärztin. »Aber Sie haben Sorgen, nicht wahr? Und Sie sind verwirrt.«
Der Milcheimer war voll. Agnes stellte ihn zur Seite, damit ihn die Kuh mit ihren Hufen nicht erreichen konnte, stand dann vom Melkschemel auf und schüttelte ihr Gewand aus. »Das kommt daher, weil Sie mich immer wieder daran erinnern. Wenn Sie gehen, werde ich es vergessen!«
»Und obendrein sind Sie unglücklich«, fuhr die Psychiaterin fort.
Agnes nahm den Milcheimer und ging auf die Tür zu. »Jeder ist unglücklich. Sie doch auch, oder?«
»Agnes ...«
»Antworten Sie mir. Sie geben mir nie eine Antwort!« rief das Mädchen zornig.
»Manchmal nicht, das stimmt«, gab Martha zu.

Es war kalt in der Nähe der Stalltür, und der Atem der beiden Frauen bildete kleine Wölkchen in der Luft.
»Sie glauben nur, daß Sie glücklich sind, weil Sie keine Mutter hatten, die Sachen zu Ihnen sagte und Dinge tat, die nicht immer schön waren – aber das war wegen *mir*! Weil *ich* schlecht war, nicht sie.« Ihr Gesicht rötete sich in dem Bemühen, es der Ärztin begreiflich zu machen.
»Was haben Sie denn Böses getan?«
»Ich bin immer schlecht!« rief das Mädchen.
Martha ließ sich nicht beirren; sie fragte gnadenlos weiter. »Was haben Sie Böses getan?«
Mit einem Zwang, einer Besessenheit, die sie zu zerreißen schien, stieß Agnes aus ihrem tiefsten Inneren die Worte heraus: »Ich bin schlecht, solange ich auch nur atme!«
Dann stellte sie den Milcheimer auf den Boden. Die weiße Flüssigkeit schwappte über den Rand, und der Eimer selbst wäre um ein Haar umgekippt. Agnes warf sich auf die Knie und packte den Eimer. Zugleich wurde sie von einem Ansturm von Tränen überwältigt, und sie begann zu schluchzen, daß ihr ganzer Körper zuckte.
Martha kniete sich neben sie in das nach Dung riechende Stroh. Die Abwehr des Mädchens war durch eine wilde Gewalt erschüttert worden – jetzt mußte Martha beenden, was sie begonnen hatte. Mußte ganz tief schürfen, gleichgültig, wie schmerzhaft das sein mochte, und alles ans Tageslicht zerren, was weh tat. Herauszerren und betrachten, damit es heilen konnte. »Was hat Ihnen Ihre Mutter angetan?« frgte sie.
Doch Schwester Agnes schüttelte nur den Kopf, konnte vor Schluchzen nicht reden, weigerte sich außerdem, die furchtbaren Dinge auszusprechen.
»Wenn Sie es nicht sagen können, bewegen Sie nur den

Kopf, Ja oder Nein«, drängte die Ärztin. »Hat sie Sie geschlagen?«
Agnes schüttelte den Kopf. Nein.
»Hat sie Sie zu etwas gezwungen, was Sie nicht tun wollten?«
Der zu Boden gesenkte Kopf nickte schwach.
»War es Ihnen unangenehm, das zu tun?«
Wieder ein Ja.
»War es Ihnen peinlich?«
Ja. Kein Zweifel, im Inneren des Mädchens tobte ein heftiger Kampf; die Anstrengung zeigte sich auf ihren Zügen.
»Hat es Ihnen weg getan?«
Ja. Aus der Anstrengung wurde Angst, die sich in den dunklen Pupillen ihrer Augen spiegelte.
»Wozu hat sie Sie gezwungen?«
»Nein«, sagte das Mädchen und weigerte sich, den Blick Marthas zu erwidern.
»Sie können es mir doch sagen.«
»Nein, das kann ich nicht.« Ein Schrei aus tiefstem Herzen, mit rauher, belegter Stimme.
»Sie ist tot, nicht wahr?«
»Ja.«
»Sie kann Ihnen also nicht mehr weh tun.«
Das Mädchen hob den Kopf und schaute die Ärztin an.
»Doch, das kann sie«, flüsterte sie.
»Wie denn?«
»Sie schaut zu. Sie hört zu.« Die Angst auf dem tränenüberströmten Gesicht war zweifellos echt.
»Agnes, das glaube ich nicht«, meinte die Psychiaterin gelassen. »Sagen Sie es mir. Ich werde Sie vor ihr beschützen.«
Der Blick des Mädchens suchte Marthas Augen, suchte

nach Gewißheit. Schien sie zu finden, denn sie versuchte zu sprechen. »Sie ...«
»Ja«, drängte Dr. Livingston.
Agnes atmete tief und rauh, sie rang verzweifelt nach Luft. Die Worte kamen stockend heraus, ein Stammeln der Angst, als sie noch einmal in Gedanken erlebte, was zu verdrängen die Mühe von Jahren erfordert hatte. »Sie läßt mich ... Ich muß mich ausziehen ... Und dann ...«
»Ja?«
»Dann macht sie sich lustig über mich ...«
»Sagt sie, daß Sie häßlich sind?« Marthas Stimme war sehr sanft.
»Ja.«
»Und dumm?«
»Ja.«
»Und daß Sie nichts als ein Irrtum sind, ein Fehler?«
Ein Ausdruck tiefen Leidens trat auf das Gesicht des Mädchens, und ihre Züge verzerrten sich schmerzhaft.
»Sie sagt ... Mein ganzer Körper ist ein Fehler ...«
»Aber warum?« Die Psychiaterin nahm einen tiefen Zug aus ihrer Zigarette und verengte die Augen gegen den aufsteigenden Rauch.
»Weil sie sagt ... Wenn ich nicht aufpasse, dann bekomme ich ein Baby.«
»Und woher will sie das wissen?«
»Ihre Kopfschmerzen.«
»Ach ja.« Die berühmten Kopfschmerzen, durch die der Engel mit Mammi zu sprechen pflegte!
Jetzt senkte das Mädchen die Stimme zu einem Flüstern und wandte sich ab, damit ihr die Ärztin nicht in die Augen sehen konnte. Sie war zu weit gegangen, um noch umkehren zu können, aber nun kam die Stelle, die am tiefsten lag, dort, wo die Schmerzen unerträglich wurden.

»Und dann... Dann berührte sie mich...«
»Wo?« fragte Martha. Sie mußte sich näher zu ihr hinbeugen, um die Worte zu verstehen.
»Hier unten... Mit ihrer Zigarette!«
Verblüfft riß Dr. Livingston den Mund auf und wich zurück. Dann wurde ihr bewußt, daß sie selbst eine Zigarette in der Hand hatte, erinnerte sich wie Agnes erschreckt zurückgefahren war vor der Zigarette, als sie das letzte Mal miteinander gesprochen hatten. Sofort warf sie die Zigarette auf den Boden und trat sie auf der festgetretenen Erde aus. Ihr nüchterner, analytischer Verstand war aufs tiefste erschüttert worden von den Worten des Mädchens. In all ihren Jahren als Psychiaterin hatte sie viele Horrorgeschichten gehört, aber keine wie die von Schwester Agnes.
Die junge Nonne sprach jetzt wieder, aber ihre Stimme war völlig verändert. Nicht mehr gebrochen und stoßweise, sondern mit der Stimme eines kleines Mädchens – eines ängstlichen kleinen Mädchens.
»Bitte, Mammi, tu das nicht. Ich will brav sein. Ich will nicht mehr dein böses Mädchen sein.«
Eine gewaltige Welle des Mittleids ergriff Martha, und sie faßte den unwiderruflichen Vorsatz, dieses arme Kind zu heilen. Sie nahm Agnes in die Arme und drehte sie so, daß sie ihr ins Gesicht schauen konnte.
»Agnes, Liebste, ich möchte, daß Sie jetzt einmal so tun, als wenn ich Ihre Mutter wäre. Nur dieses eine Mal, und Sie sollen mir sagen, was Sie fühlen dabei. In Ordnung?«
Schwester Agnes wich zurück und schüttelte den Kopf.
»Ich habe Angst.«
Zärtlich legte Martha die Hände um das Gesicht des Mädchens. »Bitte. Ich will Ihnen ja nur helfen.«
Zum erstenmal schaute Schwester Agnes aus der Nähe

in Martha Livingstons Gesicht, auf den resoluten Mund, in die ehrlichen, blauen Augen, auf das deutliche Mitleid im Ausdruck dieser Frau. Zum erstenmal dehnte Schwester Agnes ihr schwaches, brüchiges Vertrauen ganz auf sie aus.
»In Ordnung«, flüsterte sie.
»Gut.« Martha stieß das Mädchen von sich, spielte jetzt die Rolle der Mutter von Agnes, änderte ihre Miene. Tadelnd, zornig: »Agnes, du bist häßlich. Was sagst du dazu?«
Verwirrt antwortete das Mädchen: »Ich weiß nicht.«
»Natürlich weißt du es. Agnes, du bist häßlich.« Als das Mädchen nicht antwortete, wiederholte sie: »Was sagst du?«
»Nein, ich bin nicht häßlich!« schrie Agnes.
Es war der erste, ein riesiger Schritt. Martha lächelte sich zu. »Bist du hübsch?« fragte sie.
»Ja.«
»Agnes, du bist dumm.« Wieder die Mutter.
»Nein, bin ich nicht«, erwiderte Martha, noch immer schwankend, noch immer unsicher.
»Bist du intelligent?«
»Ja, das bin ich.«
»Agnes, du bist ein Versehen, ein einziger großer Irrtum.«
Jetzt platzte die lange verborgene, unterdrückte Antwort heraus. »Ich bin kein Irrtum! Wie kann ich ein Irrtum sein, wenn ich in Wirklichkeit hier bin? Gott macht keine Fehler. *Du bist ein Irrtum!* Ich wollte, du wärst tot.« Tränen traten ihr aus den Augen und über die Wangen, als sie sich losriß und hinauslief aus dem Stall in die Kälte.
»Agnes!« rief ihr Dr. Livingston nach. Sie fing an zu

laufen, holte das Mädchen ein und nahm es in die Arme. Wie eine Mutter, eine liebende Mutter, hielt sie Agnes fest, wiegte sie hin und her, besänftigte sie und flüsterte ihr Worte der Liebe zu.

»Es ist gut. Es ist alles gut«, beruhigte sie das Mädchen. »Agnes, ich liebe dich. Es ist alles gut.«

Die Nonne machte sich frei aus der Umarmung, wich ein wenig zurück, um in das Gesicht der anderen Frau schauen zu können.

»Lieben Sie mich wirklich?« bettelte sie. »Oder sagen Sie das nur?«

»Ich liebe dich wirklich«, flüsterte Martha. *Es ist wahr,* dachte sie voller Überraschung. *Ich liebe sie wirklich.*

»So, wie mich Mutter Miriam Ruth liebt?«

»So, wie Gott dich liebt«, erwiderte die nur von der Vernunft geleitete Psychiaterin.

9

Das Archiv enthielt die Klostergeschichte von eineinhalb Jahrhunderten; es befand sich in einem der Kellergewölbe, und die Akten waren bis an die Decke gestapelt, allerdings in keiner auf den ersten Blick ersichtlichen Ordnung. Dunkel, moderig und vollgestopft mit Akten in Kartons, Stahlspinden, Kisten und alten Eichenholzschränken, war das Klosterarchiv für den Uneingeweihten ein nicht erschließbares Labyrinth. Es war die Domäne von Schwester David Marie, und kaum ein Mensch hatte sie jemals bei ihrer Tätigkeit gestört. Wenn die Berichte und

Dokumente erst einmal im Archiv lagen, machte man sich höchst selten die Mühe, sie wieder hervorzuholen.
Dr. Livingston hatte nicht die leiseste Ahnung, wo sie anfangen sollte. Sie konnte nur voraussetzen, daß die Akten über die Nonne Agnes aller Wahrscheinlichkeit nach leichter zugänglich waren als die über frühere Klosterinsassen, da sie immerhin jüngeren Datums sein mußten. Also öffnete sie die oberste Schublade eines Aktenschranks, der ihr am nächsten war, und begann sie zu durchsuchen.
Eigentlich durfte sie sich gar nicht hier aufhalten, und sie war sich dessen durchaus bewußt. Es war eine Übertretung ihrer Befugnisse; sie hatte dazu weder das Recht noch die Erlaubnis. Aber die Worte von Schwester Marguerite klangen ihr noch im Ohr: ›Sehen Sie im Archiv des Klosters nach ...‹ Etwas hier, über das sie Bescheid wissen mußte, aber es war versteckt, weil Außenstehende wie sie es nicht finden sollten.
Ein Geräusch hinter ihr ließ Martha zusammenzucken. Sie drehte sich um und stellte fest, daß Schwester David Marie sie von der Tür aus verblüfft beobachtete. Die Schwester war als einzige für das Archiv verantwortlich, und es überraschte sie begreiflicherweise, festzustellen, daß man in ihren Bereich eingedrungen war und daß es sich bei dem Eindringling obendrein um einen Außenseiter handelte.
»Guten Tag, Schwester. Ich brauche ein paar biographische Daten über Schwester Agnes. Die Ehrwürdige Mutter hat mir gesagt, ich könnte sie hier finden«, log Martha, biß dann die Zähne zusammen und hielt den Atem an, während Schwester David Marie darüber nachzudenken schien.
Auch wenn sie als Nonne wenig Erfahrung mit der

Unwahrheit hatte, war es der Schwester klar, daß eine weltliche Psychiaterin ohne weiteres den Namen der Oberin unberechtigt verwenden konnte. Andererseits hatte sie nicht die Befugnis, die Ärztin danach zu fragen. Also ging Schwester David Marie pflichtschuldig zum richtigen Aktenschrank, nahm einen Ordner aus der mittleren Schublade und legte ihn auf einen der halbhohen Aktenschränke aus Eichenholz, damit die Ärztin bequemer darin blättern konnte.

»Danke«, sagte Martha, und ihr war dabei sehr unbehaglich zumute. Sie wartete, bis Schwester David Marie den Raum verlassen hatte, und kam nicht auf den Gedanken, daß die Nonne geradewegs zur Oberin gehen würde, um ihr Bericht zu erstatten – Martha wußte so gut wie gar nicht Bescheid über die Gepflogenheiten in einem Kloster.

Jetzt richtete sie ihre Aufmerksamkeit auf die Akte. Es war ein schmaler Ordner mit bescheidenen biographischen und medizinischen Informationen und wenig darüber hinaus. Dr. Livingston entdeckte nichts, was den geheimnisvollen Ratschlag von Schwester Marguerite gerechtfertig hätte. Sie versuchte, sich genau an die Worte der Klosterfrau zu erinnern.

›Zwischen den beiden ist mehr Blut, als Sie ahnen.‹

Zwischen den beiden. Welchen beiden?

Sie öffnete die Schublade, aus der Schwester David Marie den Ordner über Agnes geholt hatte, und sah die einzelnen Ordner rasch durch, bis sie gefunden hatte, wonach sie suchte. Außen stand der Name: Miriam Ruth. Sie nahm den Ordner heraus, schlug ihn auf, begann zu lesen.

Auch hier waren die Informationen eher dürftig und keineswegs ungewöhnlich. Aber da war noch etwas...

›Geborene Anna Marie Burchetti‹, stand auf einem Blatt. Mutter Miriam Ruth hatte im bürgerlichen Leben den Namen Anna Marie Burchetti getragen. Und im Ordner von Schwester Agnes hatte gestanden: ›Mutter: Mary Eugenie Burchetti.‹ Ein Steinchen des Puzzles legte sich an die richtige Stelle. *Mehr Blut zwischen den beiden* . . .
Sie verstaute die Ordner rasch wieder in der Schublade. Mit dieser neuen Information ausgerüstet, hoffte die Psychiaterin, daß es ihr gelingen würde, notfalls die volle Kooperation der Oberin zu erzwingen.
Dr. Livingston wollte gerade die Treppe hinaufgehen, als Mutter Miriam Ruth herunterkam in den Keller.
»Sie haben mich belogen!« sagte die Ärztin vorwurfsvoll zur Oberin.
»Inwiefern?«
»Das Mädchen ist Ihre Nichte!«
Mutter Miriam Ruth erstarrte und stieß unwillkürlich einen Laut der Betroffenheit aus.
Einen Augenblick lang funkelten sich die beiden Frauen an, dann senkte die Oberin den Blick. »Ich habe es verschwiegen, weil ich es nicht für wichtig hielt.« Danach drehte sie sich um und ging wieder die Treppe hinauf. Die Ärztin folgte ihr auf den Fersen.
»Nicht wichtig? Aber es macht Sie immerhin doppelt verantwortlich, nicht wahr?« Martha folgte ihr durch den langen Korridor zum Büro der Oberin. Im Kloster war es sehr still; die Schwestern hatten sich bereits für die Nacht in ihre Zimmer zurückgezogen. Als Mutter Miriam durch den Korridor ging, schaltete sie nacheinander die wenigen elektrischen Lichter aus, die als Beleuchtung dienten; die Kleinen Schwestern von Maria Magdalena waren bereit für die Nacht.
»Ich habe Agnes nie gesehen, bevor sie dieses Kloster

betrat.« Die Oberin hatte die Stimme gesenkt. Obwohl die Nonnen alle in ihren Zimmern im zweiten Stock waren, konnte es durchaus sein, daß hier auf den Gängen alle Geräusche weit übertragen wurden. »Meine Schwester ist von zu Hause ausgerissen. Wir hatten jeden Kontakt mit ihr verloren. Als mein Mann gestorben war und ich hierherkam, hat sie mir geschrieben und mich gebeten, auf Agnes aufzupassen, für den Fall, daß ihr selbst etwas zustoße.«

Mittlerweile hatten sie das Büro erreicht, aber die Oberin ging nicht hinein. Statt dessen langte sie um den Türrahmen herum und schaltete das Licht aus. Nun lag das Kloster fast in völliger Dunkelheit. Nur ein Licht in der Halle brannte noch, und die Oberin ging in diese Richtung, wodurch sie der Psychiaterin klarmachte, daß sie zur Tür gebracht wurde; Zeit für Martha, das Kloster zu verlassen.

Aber Martha war noch nicht bereit zu gehen. »Und der Vater von Agnes?« fragte sie.

Mutter Miriam Ruth zuckte mit den Schultern. »Das kann einer von einem Dutzend Männer gewesen sein, nach dem, was mir meine Schwester erzählte. Sie fürchtete, Agnes könnte ihr nachgeraten. Und sie hat alles getan, um es zu verhindern.«

»Sie glaubte, es dadurch zu erreichen, daß sie das Kind nicht zur Schule gehen ließ«, sagte Martha mit Sarkasmus.

»Ja.«

»Und daß sie den Engeln zuhörte.«

Die Oberin ging darauf nicht weiter ein; statt dessen schob sie den Riegel der Vordertür zur Seite. »Sie hat zu viel getrunken. Daran ist sie auch gestorben.«

»Wissen Sie wirklich, was sie Agnes alles angetan hat?«

fragte Dr. Livingston und betonte dabei jede einzelne Silbe.
Die Oberin wich ihren Blicken aus und öffnete die Tür. »Ich glaube, das will ich lieber nicht wissen«, entgegnete sie ruhig.
»Sie hat sie belästigt – körperlich«, erklärte Martha klar und deutlich.
Dem folgte ein betäubendes Schweigen, während Tränen in die Augen der Oberin traten. Instinktiv gingen ihre Hände nach oben und tasteten nach dem Kreuz, das vor ihrer Brust hing.
»O mein Gott«, flüsterte sie.
»Es gibt hier eben doch mehr, als man auf den ersten Blick sehen kann«, erklärte die Ärztin. »Eine ganze Menge schmutziger kleiner Geheimnisse ...« Wütend verzog sie das Gesicht.
»Wenn ich gewußt hätte, was Agnes erdulden mußte –«
Aber Martha ließ sie nicht zu Ende sprechen. »Warum haben Sie es nicht gewußt?« fragte sie herausfordernd. »Mein Gott, Sie wußten doch, daß ihre Schwester das Kind von der Schule fernhielt. Sie wußten, daß sie Alkoholikerin war.«
Die Oberin schüttelte immer wieder den Kopf, und aus ihren Augen sprach ihr ganzer Kummer. »Das habe ich alles erst nachträglich erfahren ...«
Doch Martha war wie ein Racheengel. Ihre Augen blitzten vor Zorn und Empörung. »Warum haben Sie nichts unternommen, um sie daran zu hindern?« fuhr sie die Oberin an.
»Ich habe es nicht gewußt! Ich habe es doch nicht gewußt!« Tränen rannen über das Gesicht der älteren Frau. »Und Sie werden jetzt sagen, das ist keine Ant-

wort, wie?« Sie schaute Martha flehend an. Aber die Psychiaterin blieb hart wie Stein.

»Richtig. Das ist keine Antwort.« Als sie in ihren Wagen stieg, hörte Martha wie hinter ihr die schwere Tür geschlossen, das Klicken als der Riegel vorgeschoben wurde. Es war keine Antwort, wirklich keine.

Denn was hatte sie erreicht, außer daß die Oberin nun von Schuldgefühlen gequält wurde? Seltsamerweise war das Martha keineswegs erwünscht, jedenfalls nicht so, wie sie es sich zuvor gedacht hatte. Dabei hatte sie seit dem Tod ihrer Schwester Marie darauf gewartet, irgendeiner Oberin diese gewissenlose Tat heimzuzahlen – eine lange Zeit der Rache. Jetzt, wo sie ihr geglückt war, empfand sie es als schalen Triumph.

Auf der Rückfahrt nach Montreal ging sie in Gedanken immer und immer wieder durch, was Agnes ihr gesagt hatte, und prägte es sich ein, um es später zu notieren. Ein klassischer Fall von Kindsmißbrauch ... Eine Alkoholikerin als Mutter, deren Sexualität mit ihrer religiösen Erziehung kämpfte. Die sich betrank, Kopfschmerzen bekam und mit Engeln sprach. Und dann das ›Versehen‹, der Irrtum, das unerwünschte Kind, das für die Sünden seiner Eltern büßen mußte. Ein Gefühl körperlicher Scham, das früh fertig, in dem Kind geweckt und durch häufige Brutalitäten verstärkt wurde; der Entzug normaler kindlicher Beschäftigungen wie Schulbesuch oder Spielen mit Kameraden; eine erzwungene Isolation – das Schema war klar, eines paßte zum anderen. Es wäre ein Wunder gewesen, wenn Agnes keine mysteriösen Stimmen gehört hätte.

Und dennoch fehlte etwas. Je öfter Martha das Mädchen sah, desto unwahrscheinlicher war ihr die Vorstellung, dieses Mädchen könnte einen Säugling, ihr eigenes Neugeborenes, erdrosselt haben. Sie versuchte, es sich vorzustellen, aber es gelang ihr nicht mehr. Der Fall war mysteriöser als je zuvor. Wenn Dr. Livingston schon von Anfang an der Ansicht gewesen war, Mutter Miriam Ruth habe allen Grund, ihre Nonne zu schützen – wieviel mehr Grund hatte sie jetzt – als ihre leibliche Tante!

Auf der Fahrt ging Martha in Gedanken die fehlenden Steinchen des Puzzles durch. Selbst wenn man annahm, daß Schwester Agnes im Sinne der Anklage schuldig war – wie, zum Teufel, wie hatte sie das Kloster verlassen können, um diesen Mann, der sie geschwängert hatte, zu treffen? Mutter Miriam Ruths Sicherheitssystem war wirksamer als das der Bank von Kanada. Die Bank von Kanada verfügte vermutlich über die neuesten Errungenschaften auf elektronischem Gebiet, aber die Kleinen Schwestern von Maria Magdalena hatten Schwester Marguerite. Wenn Agnes wirklich hinausgekommen war – wie oft war das geschehen, bevor sie schwanger wurde?

Und wenn sie nicht hinausgekommen war, wie, zum Teufel, war dieser Mann hineingekommen?

Und wer, zum Teufel, war er?

Sie war schwanger geworden. Wie groß war die Chance, daß sie diese Tatsache, die weite Ordenstracht hin oder her, vor jedermann im Kloster geheimhalten konnte, eine Oberin eingeschlossen, die immerhin selbst zweimal entbunden hatte? Was war die Grund für ihre Angst, ihre Verwirrtheit? Konnte dasselbe Mädchen, das wegen Blutflecken auf dem Bettlaken in hysterische Zustände geriet, neun Monate lang ruhig bleiben, während ihr Körper so bedeutende Veränderungen durchmachte? Wie war das zum Beispiel mit der morgendlichen Übelkeit?

Und als die Wehen begannen – was hatte Schwester Agnes getan? Wie lange dauern die Wehen beim ersten Kind? Stunden um Stunden. Hatte sie wirklich während all dieser Stunden geglaubt, sie habe etwas gegessen, was ihr Leibschmerzen verursachte? Und als aus den Krämpfen Muskelkontraktionen wurden und diese Kontraktionen zu Wellen höchsten Schmerzes anschwollen, was hatte Schwester Agnes da getan? Wie konnte sie den Anblick des Blutes ertragen? Denn es mußte sehr viel Blut gegeben haben.
Und dann Mutter Miriam Ruth. An dem Abend, als das Kind empfangen worden war, hatte sie Schwester Paul beigestanden, am Totenbett der alten Nonne. Aber wo, zum Teufel, war sie neun Monate später gewesen, an dem Abend, als das Baby geboren worden war? Was für eine Erklärung konnte sie für diesen Abend vorbringen? Nein. Da fehlten noch zu viele Steinchen, und es gab andere, die ganz und gar nicht paßten, ja, die zu einem ganz anderen Puzzle zu gehören schienen.
Unschuldig oder schuldig? Schuldig oder unschuldig? Diese Frage ging Martha nicht mehr aus dem Kopf, obwohl sie wußte, daß sie kein Recht hatte, sie zu stellen.
Die letzten Wochen hatten sie ausgelaugt. Neben ihren Besuchen im Kloster und den Begegnungen mit Agnes und ihrer Oberin hatte sich Martha noch um ihre Privatpraxis kümmern und obendrein versuchen müssen, sich die Vertreter der katholischen Kirche vom Leib zu halten. Ihr Privatleben existierte nicht mehr; es bestand darin, daß sie das Kissen mit der Katze teilte, und die Katze friedlich schlummerte.
Was sie dringend gebraucht hätte, wären vierzehn Stunden Schlaf gewesen, ohne Unterbrechungen. Ein großer

Schwenker mit Napoleon-Cognac, ein ausgiebiges, heißes Bad und eine Tasse heißer Milch, die sie mit Mitzi teilte, würden ihr bestimmt dazu verhelfen. Aber als sie dann die Stadt erreicht hatte, fuhr sie nicht nach Westmount, wo sie wohnte, sondern zum Polizeipräsidium in der Innenstadt, wo Richard Langevin Dienst tat. Sie hoffte, daß er an diesem Abend Dienst hatte; immerhin hatte sie ihn seit mehreren Tagen nicht gesprochen.

Er war da und verhörte gerade voll Überdruß eine kleine Prostituierte, die keine siebzehn Jahre alt sein konnte, vor ihm saß und aus Angst und Scham heulte. Es war ihre erste Festnahme, und sie stellte sich vermutlich als Strafe ein Jahrhundert Zwangsarbeit auf einer Teufelsinsel vor.

»*Pourquoi me mentis-tu, Madeleine*«, herrschte sie der Kriminalbeamte an. »*Pourpuoi me dis-tu que tu ne le connais pas? T'as quel age?*«

»*Dix-huit*«, schluchzte das Mädchen.

Langevin schaute sie skeptisch an. Wenn die achtzehn war, dann war er pensionsreif. »*Quel age?*« knurrte er.

Das Mädchen senkte die Augen. »*J'ai seize ans.*« Jetzt gab sie also sechzehn zu. »*Mais je vais avoir dix-sept ans le mois prochain.*«

»*Bonne anniversaire*«, bemerkte Langevin sarkastisch, dann blickte er auf und sah, daß Dr. Livingston ihn von der Tür seines Büros aus beobachtete.

»Marty! Was machst du denn hier?«

»Richard, ich bin hier, weil ich herausgefunden habe, daß irgend etwas in meinem Fall fehlt«, begann Marty ohne lange Vorrede.

»Ich habe dir die Photos gegeben, Marty – was willst du noch?«

»Etwas, was die Polizei vielleicht übersehen hat.«

Langevins gefurchtes Gesicht wirkte überrascht, was sehr selten vorkam angesichts des Berufes, den er ausübte. »Was? Glaubst du vielleicht, das Mädchen ist unschuldig?«
Martha schüttelte den Kopf. »Ich weiß es nicht«, gestand sie.
»Du mußt verrückt sein, wenn du das glaubst.« Der Kriminalbeamte zog die Stirn in Falten.
»Schau, Richard...«
»Was ist denn in dich gefahren?« fragte er barsch. »Du hast doch das Protokoll gelesen. Es ist meines Erachtens ein völlig klarer, abgeschlossener Fall.«
Aber Martha ließ sich nicht beirren. »War vielleicht irgend etwas nicht in der Akte, was dort hätte sein müssen?«
»Du hast dich zu sehr in die Geschichte hineingekniet!« rief Langevin. »Schau dich doch an, Marty! Mein Gott! Warum gibst du den Fall nicht einfach ab?«
Sie reagierte auf seine Unbeherrschtheit mit Schweigen, dem Schweigen der Unbeirrbarkeit. Sie wußte, daß er sich vor allem um sie Sorgen machte und daß er recht hatte. Sie hatte sich zu sehr hineingekniet. Aber was das andere betraf, das Übergeben des Falles an einen Kollegen, so stand das überhaupt nicht zur Diskussion. Sie hatte schon zu viel in der Sache herausgefunden, als daß sie sie jetzt noch abgeben konnte, ganz gleich, was der Bischof oder die Polizei zu sagen hatte. Sie mußte den Fall zu Ende führen. Schließlich stand mehr auf dem Spiel als die Frage, ob eine junge Nonne ins Gefängnis gehen mußte oder nicht. Wie Martha es sah, befand sich Agnes bereits im Gefängnis, hatte ihr ganzes, kurzes Leben im Gefängnis zugebracht. Dr. Livingston war der einzige Mensch, der sie daraus befreien konnte.

Marthas Schweigen überzeugte Richard mehr, als Worte es vermocht hätten. Er seufzte, kapitulierte, stand von seinem Sessel auf, ging zu ihr hin und legte ihr einen Arm um die Schultern.

»Okay, ich höre mich um und sehe zu, was dabei herauskommt. Aber als erstes mußt du nach Hause. Schlaf ein bißchen. Wir telephonieren morgen.«

Er küßte sie zart, aber Martha war zu müde, um den Kuß zu erwidern. Sie akzeptierte ihn und die gutgemeinten Worte mit müdem Lächeln und einem Kopfnicken.

Langevin schaute ihr nach. Als sie um die Ecke des Korridors verschwunden war, richtete er seine Aufmerksamkeit wieder auf die kleine, sechzehnjährige Prostituierte.

»*Je n'ai pas fini avec toi. Bon! On recommence par le debut.*«

Ich bin noch nicht fertig mit dir. Gehen wir zurück und fangen noch einmal von vorne an... Warum hast du gesagt, daß du den Kerl nicht kennst...?

Martha hätte Mühe, aus dem Wagen zu steigen und sich in ihre Wohnung zu schleppen. Die Erschöpfung steckte ihr tief in den Knochen; während sie auf den Lift wartete, nahm sie den dicken Stapel Post aus dem Briefkasten, war zu müde, um die Briefumschläge umzudrehen und nachzusehen, ob irgend etwas Wichtiges oder Dringendes unter ihrer Post war. Morgen vielleicht. Oder übermorgen.

Nachdem sie die Wohnungstür geöffnet hatte, warf Martha die Post auf den kleinen Tisch in der Diele, wo bereits ein Stapel ungeöffneter Umschläge lag, und schaltete gleich das Fernsehgerät ein, um noch die Spätnachrichten in englischer Sprache zu sehen. Sie hatte mehrere

Tage lang keine Zeitung gelesen und keine Ahnung, was in der Welt vor sich ging.
Der Sprecher berichtete über den Krieg zwischen dem Iran und dem Irak, und Martha konnte sich nicht auf das konzentrieren, was er sagte. Der Text schien von einem anderen Planeten und aus einem anderen Jahrhundert zu stammen. Während Mitzi miaute und um ihre Füße schnurrte, um Aufmerksamkeit zu erregen, ging Martha in die Küche und goß sich und der Katze Milch ein. Der einzige Unterschied war, daß Martha in ihre Milch eine starke Schlaftablette gab.
»Im Prozeß gegen die junge Nonne, die wegen Totschlags an ihrem neugeborenen Kind angeklagt wurde, ist noch kein Fortschritt erreicht worden«, sagte der Nachrichtensprecher und lenkte damit schlagartig Marthas Interesse auf den Bildschirm.
»In einigen Presseverlautbarungen wird der katholischen Kirche der Vorwurf gemacht, sie verzögere diesen Fall absichtlich. Schwester Agnes, eine Nonne der Kleinen Schwestern von Maria Magdalena, einem Kloster in der Nähe von Berthierville, wurde am vierzehnten dieses Monats wegen Totschlags unter Anklage gestellt, doch ein Gerichtstermin konnte bisher nicht festgelegt werden. Die *Gazette*, eine Tageszeitung aus Montreal, beschuldigte in einem Artikel der heutigen Ausgabe die Kirche wie folgt: ›Dies ist eine Vogel-Strauß-Politik, die Hoffnung, daß der Fall sich irgendwie von selbst erledigen würde.‹ Monsignore Tremblay, der Assistent des Bischofs, der für den Bereich Berthierville zuständig ist, antwortete auf diesen Vorwurf...«
Das Gesicht des Monsignore, vornehm und ernst, erschien auf dem Bildschirm. »Die Kirche versucht keineswegs, sich in diesem Fall zu drücken«, begann er

gesetzt, »doch möchten wir zugleich der Öffentlichkeit klarmachen, daß dies ein seltenes und zugleich tragisches Ereignis für uns alle gewesen ist. Ich versichere Ihnen, sobald gewisse juristische Fragen geklärt sind, wird ein rascher Verhandlungstermin festgelegt werden.«
Dem Bild der Monsignore folgte ein Film, der hinter den Mauern des Klosters aufgenommen worden war, und dann berichtete der Nachrichtensprecher: »Bis dahin hält sich Schwester Agnes in der Abgeschiedenheit des Klosters bei Berthierville auf. – Und nun weitere Meldungen des Tages ...«
Martha schaltete das Fernsehgerät ab, ging ins Bad und ließ Wasser in die Wanne einlaufen. Sie wußte, daß sie das Bad hinter sich haben mußte, ehe die Schlaftablette zu wirken begann, wenn sie vermeiden wollte, daß man sie am nächsten Morgen ertrunken in ihrer Wanne finden würde. Die Badewanne war bereits voll, als Martha sich an ihren Telephonbeantworter erinnerte. Halbnackt ging sie noch einmal hinaus in die Diele, um das Band zurücklaufen zu lassen und dann auf Wiedergabe zu schalten, wobei sie den Lautstärkeknopf ganz aufdrehte, damit sie die Stimmen trotz des laufenden Wassers im Bad hören konnte.
»Hallo, Marty, hier ist Helen. Mrs. Davenport hat angerufen; sie ist sehr verärgert, daß Sie den Termin nicht einhalten konnten. Sie verlangt, daß Sie bei ihr zu Hause anrufen: Neunvier-dreiacht-viersiebensieben. Wenn Sie meine Meinung hören wollen, das hat Zeit bis morgen früh. Ach, und ein paar Reporter wollten Sie interviewen wegen Schwester Agnes. Sie machten einen besonders hartnäckigen Eindruck; es ist also möglich, daß sie versuchen, Sie zu Hause zu erreichen. Ich habe ihnen jedenfalls Ihre Nummer nicht gegeben.«

Klick.

»Doktor Livingston, hier spricht Mrs. Davenport.« Die Stimme klang tatsächlich verärgert. »Würden Sie mich bitte zu Hause anrufen? Ich wäre Ihnen sehr dankbar, wenn ich mit Ihnen sprechen könnte.«

Klick.

Martha steckte die große Zehe ins Wasser, dann drehte sie den Kaltwasserhahn noch einmal auf.

»Hallo, Marty, seit Tagen versuche ich, dich zu erreichen.« Toms Stimme, besorgt und unsicher. »Ist etwas nicht in Ordnung? Ich wäre sehr froh, wenn wir uns bald treffen könnten.«

Klick.

Sie schüttelte den Kopf, halb erfreut und halb verzweifelt. Dabei fragte sie sich, ob es ihr jemals wieder gelingen würde, ein normales Privatleben zu führen. Vielleicht war sie in Zukunft einfach zu müde dazu. Martha ließ das Waschbecken einlaufen, um ihre Strumpfhose und den BH einzuweichen, während sie badete. Als sie sich aus dem Augenwinkel im Spiegel des Medizinschränkchens sah, war sie dennoch überrascht von den harten Linien um die Augen, der Anstrengung und Erschöpfung, die sich in ihrem Gesicht abzeichneten. Ich sehe aus wie eine Ruine im Mondlicht, dachte sie. Höchste Zeit, daß ich mal Pause mache. So kann es schließlich nicht weitergehen. Als Wissenschaftlerin wußte sie, daß sich Erschöpfungszustände vor allem im Gehirn auswirkten, namentlich, was die Urteilsfähigkeit betraf.

»Hallo, Doktor Livingston«, sagte eine Stimme mit französischem Akzent. »Mein Name ist Charlie Sexton, und ich schreibe einen Artikel über Schwester Agnes für die Sonntagsausgabe der *Gazette.* Ich wäre Ihnen sehr dankbar, wenn Sie mich anrufen würden.«

Klick.
Müde ließ sich Martha in die Wanne gleiten, ließ den vor Erschöpfung schmerzenden Körper im dampfenden Wasser untertauchen. Tut mir leid, Charlie. Sie streckte den Arm aus nach den Zigaretten, die sie sich auf dem Deckel der Toilette bereitgelegt hatte.
»Hallo, Marty, hier ist noch mal Helen. Ihr Gerichtstermin in Sachen des Raubüberfalls auf das Geschäft ist auf Montag verschoben worden. Und das Büro des Kronanwalts hat angerufen. Ein Exhibitionist steht in ein paar Wochen vor Gericht, und man möchte, daß Sie ihn sich mal ansehen. Kann ich zusagen? Bye.«
Klick.
Das heiße Wasser und die einsetzende Wirkung der Schlaftablette lullten sie ein und dämpften ihre Empfindungen. In ein paar Minuten mußte sie ins Bett, mußte sich abtrocknen und hinübergehen ins Schlafzimmer...
»Hallo, Marty, hier Langevin. Ich habe mich eben mit der Kriminalbeamtin Crowley unterhalten, die damals im Kloster gewesen ist. Sie sagt, da war etwas, was ihr nicht gefallen hat...«
Martha war schon fast eingeschlafen. Mein Gott, das tat gut! Was dieser Langevin auch wollte, es würde bis morgen früh warten müssen...
Langevin? Und er sprach vom Kloster, von einer Kriminalbeamtin? Plötzlich war Martha hellwach, nahm sich ein Handtuch, warf die unangezündete, naß gewordene Zigarette in die Toilettenschüssel und lief hinaus zum Anrufbeantworter, um die letzte Nachricht zurückzuspulen. Als sie Richards Stimme vernahm, waren ihre Nervenenden aufs äußerste gereizt.
»Hallo, Marty, hier Langevin. Ich habe mich eben mit der Kriminalbeamtin Crowley unterhalten, die damals im

Kloster gewesen ist. Sie sagt, da war etwas, was ihr nicht gefallen hat, obwohl sie es nicht in den Bericht aufnehmen wollte. Es geht da um den Papierkorb, der in Agnes' Zimmer gestanden hat. Keine von den anderen Nonnen hatte nach ihrer Beobachtung einen Papierkorb in ihrem Zimmer.«

Klick.

Der Papierkorb. Sie nahm sich wieder eine Zigarette aus dem Päckchen, zündete sie an und rauchte hektisch, während ihre Gedanken dahinrasten. Der Papierkorb. Ein sehr wichtiges Detail, davon war sie überzeugt. Und es mußte noch etwas geben, etwas, woran sie selbst sich nicht mehr erinnerte... Etwas mit einem Papierkorb, aber nicht dem von Agnes... Er mußte in irgendeinem Zusammenhang mit der Geschichte stehen... Verdammt, sie hatte es vergessen.

Ich kann nicht einschlafen, bevor es mir wieder eingefallen ist.

Aber dann wurden ihre Gedanken von der Schlaftablette eingeholt, und sie hatte kaum noch Zeit, zum Bett hinüberzugehen, wo sie anschließend von einem blutüberströmten Papierkorb träumte, der kleine Füßchen hatte und auf sie zukam, nicht schnell, aber Schritt für Schritt...

10

Wenn man von den Tauben absah, schien die große Scheune – die ehemaligen Stallungen – leer zu sein. Die Kuh stand drüben, im kleineren Stall, während hier die einzelnen Boxen für das Vieh schon lange nicht mehr benützt wurden. Jetzt beanspruchten die Tauben das weiträumige, massive, steinerne Bauwerk als ihren Besitz. Es gab Hunderte, die dort nisteten, gurrten und mit dem Gefieder raschelten, als sie sich einen Platz für die Nacht suchten. Die letzten Sonnenstrahlen, die durch die hohen Lukenfenster hereindrangen, ließen die Federn der Vögel in allen Regenbogenfarben schillern. Das Eindringen von Dr. Livingston allerdings rief eine kleine Panik unter ihnen hervor; sie flatterten, erhoben sich für ein paar Sekunden in die Luft, dann, als sie merkten, daß keine wirkliche Gefahr drohte, ließen sie sich wieder auf ihren Nistplätzen nieder.

Doch es war noch jemand im Stall. Jemand, den Martha hier zu finden gehofft hatte.

Über das Geräusch der Gurrens hinweg vernahm Martha das leise Flüstern von Gebeten, hörte das Klicken von Elfenbeinperlen. Martha folgte dem Geräusch. Mutter Miriam Ruth kniete am Fenster und betete im letzten Licht des Tages den Rosenkranz. Als sie die Schritte der Ärztin wahrnahm, drehte sich die Oberin um und schien kaum zu glauben, daß es jemand wagte, sie bei ihrem einsamen Gebet zu stören. Dieser Ort war für sie eine Zuflucht, eine Art geheimer Kapelle; sie kam hierher, um ein paar Augenblicke des Alleinseins zu genießen.

»Ich habe die Erlaubnis des Gerichts, Agnes zu hypnotisieren«, sagte die Ärztin ohne lange Einleitung.

»Und was ist mit *meiner* Erlaubnis?« Die Oberin stand auf, und zwischen ihren dunklen Brauen war deutlich eine Falte der Verärgerung zu erkennen.

»Ich hoffe, daß ich sie bekomme«, antwortete Martha.

»Wir werden sehen«, entgegnete Mutter Miriam Ruth, während sie an der Psychiaterin vorbeiging.

»Werden Sie sie mir versagen?« fragte die Ärztin besorgt.

»Ich habe mich noch nicht entschieden.«
»Aber es geht um die körperliche und seelische Gesundheit dieses Mädchens!« beschwor Martha.
»Und um ihre geistliche Gesundheit.«
»Ihre geistliche Gesundheit ist mir verdammt egal!« Wie Blitze zuckte es in den Augen der Psychiaterin.
»Das weiß ich«, erwiderte die Oberin spöttisch.
»Fällen Sie endlich Ihre Entscheidung, damit der Sache ein Ende bereitet werden kann – das wollen Sie doch sagen, oder?« rief Martha leidenschaftlich. »Aber das kann ich beim derzeitigen Stand meiner Ermittlungen nicht verantworten.«
»Ich will etwas anderes sagen«, begann Mutter Miriam beschwörend. »Wir haben es hier mit einer wunderbar einfachen jungen Frau zu tun –«
»Einer unglücklichen Frau«, unterbrach die Ärztin.
»Aber sie ist doch glücklich hier bei uns!« Die Stimme der Oberin war lauter geworden. »Und sie könnte auch weiterhin glücklich sein, wenn man sie in Ruhe ließe.«
»Warum haben Sie dann überhaupt erst die Polizei gerufen?« fragte Martha. »Warum haben sie das tote Baby nicht einfach in den Heizungsofen geworfen, und damit basta?«
»Weil ich ein moralischer Mensch bin!« rief Mutter Miriam Ruth empört.
»Quatsch!«
»Von wegen Quatsch!«
Durch die lauten Stimmen der beiden Frauen gestört, flatterten die Tauben unruhig auf, raschelten wieder mit dem Gefieder und waren bereit, beim nächsten Alarmzeichen aufzuflattern.
Dr. Livingston versuchte, Ruhe zu bewahren. Wenn sie sich anbrüllten, brachte das beide keinen Schritt weiter.

Mit leiserer Stimme sagte sie: »In der katholischen Kirche ist kein Platz für moralische Erwägungen, Oberin.«
»Wie kommen Sie dazu, die katholische Kirche da hineinzuziehen?« Auch die Oberin hatte ihre Stimme gedämpft.
»Sie sagten eben, daß Sie –«
»Was, zum Teufel, haben Sie eigentlich gegen die katholische Kirche?« fragte Mutter Miriam Ruth plötzlich.
»Nichts«, wich Martha aus und vermied es, der älteren Frau in die Augen zu sehen.
»Was haben wir getan, womit haben wir Sie verletzt? Und streiten Sie es jetzt nicht ab: Ich rieche einen Exkatholiken meilenweit. Was haben wir getan? Ein paar Ketzer verbrannt? Ablässe verkauft? Das geschah in den Tagen, als die Kirche noch mehr oder weniger die Rolle des Gesetzgebers spielte. Diese Rolle überlassen wir heute den Regierungen. Also sagen Sie es mir«, forderte sie Martha heraus. »Was haben wir Ihnen persönlich angetan? Wollten Sie vielleicht mit Ihrem Freund auf dem Rücksitz des Autos schmusen, als sie fünfzehn waren, haben sich aber nicht getraut, weil das eine Sünde ist – und statt dieses eine Gesetz in Frage zu stellen...«
»Es geht dabei nicht darum!« fuhr Martha dazwischen, und ihr Gesicht lief rot an, verriet ihren Zorn. »Es war alles mögliche, aber bestimmt nicht Sexualität. Als ich in der ersten Klasse war, ist meine beste Schulfreundin auf dem Heimweg überfahren worden. Unsere Religionslehrerin, eine Nonne, hat gesagt, sie ist gestorben, weil sie ihr Morgengebet nicht gesagt hat.«
»Eine dumme Nonne«, kommentierte Mutter Miriam.
»Ja.«
»Und das ist alles?«

»Das ist alles!« brüllte Martha. »Und es ist genug! Meine Freundin war ein wunderhübsches, kleines Mädchen...«
»Was hat Schönheit damit zu tun?«
»Ich war nicht schön. Sie war die Hübsche, und sie mußte sterben. Warum nicht ich? Ich habe morgens nie gebetet. Und ich war häßlich. Ich war mager, ich hatte Raffzähne und Pickel im Gesicht... Schwester Mary Cletus hat mich immer die ›Pünktchen-Livingston‹ genannt.« Martha hielt inne; ihr war bewußt geworden, daß sie mehr von sich preisgegeben hatte, als es ihre Absicht gewesen war.
Mutter Miriam Ruth erkannte die schmerzhaften Erlebnisse, die hinter den Worten der Ärztin standen. Aber sie war nicht bereit, die Sache auf sich beruhen zu lassen, nicht, seit sie fühlte, daß diese Fragen für sie von Vorteil sein konnten. Jetzt sagte sie leise: »Sie haben also die Kirche verlassen, weil Sie Pickel hatten?«
»Nein!« schrie Martha und sah zugleich, wie die Oberin die Augenbrauen hochzog und lächelte. »Ja... Ich habe die Kirche verlassen, weil ich Pickel hatte. Und Sie werden es kaum glauben –«
»Was?«
»Das ist auch der Grund, weshalb ich Nonnen hasse.«
Die Stimmen der beiden Frauen, die jetzt schallend lachten, schreckten endgültig die Tauben auf, die sich von ihren Ruheplätzen erhoben, unter dem Dach der Scheune kreisten und dabei erschreckt mit den Flügeln flatterten.
»Ich komme mir vor wie eine von Tauben belästigte Statue im Park«, scherzte Martha. »Sehen wir zu, daß wir hier rauskommen.«
Der Zorn der beiden hatte sich in Lachen aufgelöst, wie

die frische Brise die Wolken davontreibt und die Sonnenstrahlen durchläßt, damit sie die Erde wärmen können. Zum erstenmal schienen sie sich als zwei Frauen zu sehen, nicht als Symbole religiöser oder weltlicher Institutionen. Sie betrachteten sich mit unvoreingenommenen Augen und stellten dabei fest, wieviel Gemeinsames sie hatten und wie sie unter günstigeren Umständen durchaus gute Freundinnen hätten werden können. Jetzt, zum erstenmal, waren sie vielleicht sogar imstande, über Schwester Agnes zu reden ohne die Barrieren von Vorurteilen und Mißverständnissen, die sie bis dahin getrennt hatten.
Sie verließen die Scheune und traten hinaus in den Klostergarten. Das letzte Licht des Tages schwand rasch, und es wurde fühlbar kälter, aber keine der beiden Frauen konnte sich jetzt von der anderen trennen. Es gab noch so viel zu sagen!
Ein kleiner, runder Pavillon aus Holz und Stein stand in der Mitte der Klostergärten, Überbleibsel aus früheren, glanzvolleren Tagen. Heutzutage wurde er schon lange nicht mehr benutzt, abgesehen von den Feldmaus-Familien, die dort im Sommer fast ungestört nisteten. Im Inneren gab es eine runde Bank, die an den Wänden der Laube verlief. Dr. Livingston und die Oberin setzten sich dort nieder und sagten ein paar Minuten lang kein Wort, lauschten nur den Geräuschen von draußen, die das Heranrücken der Nacht auf dem Lande anzeigten. Martha zündete sich eine Zigarette an und sog den Rauch tief in ihre Lungen. Sie fühlte sich noch immer erschöpft, selbst nach dem langen Schlaf der vergangenen Nacht. Und sie war es nicht gewohnt, mit anderen zu streiten, stellte sich statt dessen lieber auf die Seite der Vernunft. Mutter Miriam Ruth blickte in die Dämmerung. »Als ich

ein Kind war«, begann sie leise, »habe ich oft meinen Schutzengel gehört. Er hat mir vorgesungen, bis ich sechs Jahre alt geworden war. Dann hörte ich auf, ihm zuzuhören, und der Schutzengel hörte zu singen auf, aber ich erinnere mich noch gut an seine Stimme. Vor ein paar Jahren schaute ich mich im Spiegel an und sah eine Nonne, der nichts gesichert erschien. Nicht ihre eigene Existenz, nicht der Himmel, nicht einmal Gott. Und dann, eines Abends, sah ich Agnes an ihrem Fenster stehen und hörte sie singen. In diesem Augenblick schwanden all meine Zweifel an Gott und an mir selbst. Ich erkannte die Stimme wieder.« Sie wandte sich im schwindenden Licht der Psychiaterin zu. »Nehmen Sie mir das nicht weg, Doktor Livingston«, bat sie inständig. »Die Jahre dazwischen waren ziemlich düster.«

Wieder inhalierte Martha den Rauch. Sie kämpfte darum, eine Frau wie diese Oberin verstehen zu können. Hier war ein Mensch, der zwei Leben geführt hatte, wobei das eine in krassem Gegensatz zum anderen stand. Sie war draußen gewesen in der Welt, hatte geheiratet und zwei Töchter geboren. Sie war gescheitert, als Ehefrau und als Mutter, wie sie selbst behauptete, aber wer wußte schon, was Erfolg bedeutete? Und die ganze Zeit über hatte sie sich nach einem völlig anderen Leben gesehnt – einem Leben im Zölibat, mit Fasten, Gebet und Selbstverleugnung. Dann, sobald sie Witwe und damit frei geworden war, hatte sie sich diesem anderen Leben in die Arme geworfen und war so erfolgreich gewesen, daß sie jetzt als Oberin ein Kloster leitete. Was für ein Paradox, und zugleich welche Willenskraft!

Trotz allem hing diese starke, gebieterische Frau an dem kleinen Mädchen, das in ihr lebte und das in einfacheren Zeiten seinen Schutzengel singen gehört hatte. Eine

Frau, für die eine junge Nonne diese Einfachheit und diese Unschuld symbolisierte. Unschuld, ja. Als Mutter Miriam Ruth Schwester Agnes singen gehört hatte, war es ihr gelungen, ihre eigene, verlorene Unschuld wiederzugewinnen. Kein Wunder, daß sie Agnes nicht mehr losließ! Dieses Mädchen stand zwischen der Oberin und dem Verlust ihrer unsterblichen Seele!

»Meine Schwester ist in einem Kloster gestorben«, sagte Martha leise. »Das ist die Stimme, die ich höre.«

Das war es also, dachte die Oberin, daher kamen die Ängste, daher rührte die Abneigung von Martha Livingston. Kein Wunder. Sie beugte sich hinüber und berührte die Ärztin sachte am Arm. Martha nahm sich eine neue Zigarette aus der Handtasche und zündete sie am Stummel an, den sie zu Ende geraucht hatte.

»Stört es Sie, daß ich rauche?« fragte Martha plötzlich besorgt.

»Nein, es erinnert mich nur.« Die Oberin lächelte.

Martha hielt ihr die Packung hin. »Möchten Sie eine?«

Mutter Miriam Ruth hob beide Hände hoch, um die Versuchung abzuwehren, aber ihr Blick war auf die Packung gerichtet, klebte geradezu daran. Es war ein echter Kampf, und einer, den sie verlor. »Wahnsinnig gern«, gestand sie schließlich und langte nach dem Päckchen. Lachend zündete Martha eine Zigarette an und reichte sie dann der Oberin. Die Klosterfrau sog den Rauch in ihre Lungen – und brach in heftiges Husten aus.

»Ich bin ganz aus der Übung«, keuchte sie. Doch dann inhalierte sie einen zweiten Zug.

»Glauben Sie«, – die Psychiaterin grinste boshaft –, »die Heiligen hätten geraucht, wenn es damals schon Tabak gegeben hätte?«

»Ganz bestimmt.« Die Oberin nickte. »Natürlich nicht die Asketen. Aber... Zum Beispiel Thomas Morus.«
»Lange, dünne, elegante Zigaretten ohne Filter.« Martha lächelte.
Mutter Miriam Ruth dachte einen Augenblick nach. »Der Heilige Ignatius hätte, glaube ich, Zigarren geraucht und sie an seinen Fußsohlen ausgedrückt.«
Sie fanden das Spiel unglaublich lustig, wie ungezogene Kinder. Die Oberin, die sich sofort daran erwärmt hatte, fuhr sachverständig fort: »Und die Apostel hätten natürlich alle...«
»... handgerollte Zigaretten geraucht«, ergänzte die Ärztin kichernd. »Und selbst Christus hätte hier und da mitgeraucht, aus gesellschaftlichen Gründen.«
»Und der Heilige Petrus?« fragte Martha.
»Eine Pfeife«, antwortete Mutter Miriam Ruth entschieden. Das fanden beide besonders komisch, und sie erstickten fast vor Lachen; Tränen traten ihnen in die Augen. Sie waren wie zwei Kinder in der Sonntagsschule, die sich Lästerungen zuflüsterten und darauf warteten, daß Gott sie mit seinem Racheblitz traf. Das Spiel war aufregend, nicht nur wegen seiner Albernheit, sondern weil es wahrscheinlich streng verboten war.
»Und Maria Magdalena?« fragte Mutter Miriam Ruth und gab Martha Gelegenheit zu einer Pointe.
»›Ich laufe meilenweit...‹« Wieder ein Schwall von Gelächter, daß beiden das Zwerchfell schmerzte.
»Die Heilige Johanna...« keuchte die Klosterfrau. »Die Heilige Johanna hätte Tabak gekaut!«
Das war der Höhepunkt, die Kirsche auf der Torte. Sie bogen sich vor Lachen, versuchten, wieder Luft zu bekommen, bis ihnen Tränen über die Wangen rollten und sie nicht mehr lachen konnten.

Inzwischen war es fast völlig dunkel geworden; die Sonne war lange untergegangen, und der Mond stand noch nicht am Himmel. Außerdem wurde es jetzt rasch kalt. Ein leichter Wind war aufgekommen, und das Laub wirbelte um ihre Beine. Ohne ein Wort zu sagen, standen die Oberin und die Ärztin gleichzeitig auf und klopften sich das Laub und den Staub von der Kleidung.
»Und was rauchen Ihrer Meinung nach die Heiligen unserer Tage?« fragte Martha leichthin.
Mutter Miriam Ruth lächelte sie an. »Oh, in unseren Tagen gibt es keine Heiligen mehr. Gute Menschen, ja. Aber heiligmäßige? Ich fürchte, die fehlen uns sehr.«
»Glauben Sie, daß es sie jemals gegeben hat?«
»Ja, das glaube ich«, erwiderte die Oberin ernst.
»Möchten Sie eine Heilige werden?« Immer Wissenschaftlerin, immer am Erproben.
Die schwarzen Brauen gingen nach oben fast bis an die Kante der weißen Haube. »Eine Heilige *werden*?« fragte sie leise. »Zum Heiligsein muß man geboren sein. Nur, daß heute kein Heiliger mehr geboren wird. Wir sind zu – zu kompliziert.« Jetzt hörte Martha deutlich das Bedauern in der Stimme der Oberin.
»Man kann es doch versuchen, oder?« Martha sprach ebenso ernst wie die Klosterfrau. »Ich meine, ungewöhnlich gut zu sein.«
»O ja, aber Güte hat sehr wenig mit Heiligkeit zu tun. Nicht alle Heiligen waren ausgesprochen gut. In Wahrheit waren die meisten von ihnen ein bißchen verrückt. Aber sie waren eins mit Gott, hatten Seine Hände um sich seit der Stunde ihrer Geburt.« Sie sprach sehr leise und sanft, doch ihre Augen strahlten selbst in der sie umgebenden Dunkelheit.
Martha erlebte eine überraschende und ungewollte

Vision dieser Heiligen vor vielen Jahrhunderten, kindhaft, verrückt, an der Hand Gottes, ganz ähnlich wie Schwester Agnes. Die Psychiaterin seufzte.

Mutter Miriam Ruth drückte sorgfältig ihre Zigarette aus und verließ den Pavillon, ging dann mit entschlossenen Schritten durch den Garten auf die Klostergebäude zu. Ihre Miene wirkte sehr betrübt. »Das kommt heutzutage nicht mehr vor«, murmelte sie. »Wir werden geboren, wir leben, wir sterben.« Sie blieb stehen und wartete, bis Dr. Livingston sie eingeholt hatte. »Es gibt einfach keinen *Platz* mehr für Wunder. Und trotzdem, meine Liebe«, flüsterte sie, »fehlen sie mir. Mein Gott, wie mir die Wunder fehlen!«

Nun gingen sie langsam nebeneinander her. Mutter Miriam Ruth hakte sich bei Dr. Livingston unter.

»Glauben Sie, daß Agnes eins ist mit Gott?« fragte die Ärztin.

»Wenn Sie es bezweifeln, hören Sie ihr doch beim Singen zu.«

»Ich möchte jetzt damit anfangen«, sagte Martha leise.

»Womit anfangen?«

»Mit der Hypnose. Sind Sie immer noch dagegen?«

Die Oberin warf ihr einen spöttischen Blick zu. »Lassen Sie es denn sein, wenn ich dagegen bin?«

»Nein.« Martha lächelte.

»Genau das habe ich mir gedacht. Darf ich dabeisein?«

»Natürlich.«

»Dann fangen wir an damit.«

11

Der Raum befand sich im obersten Stockwerk, direkt unter dem Dach des Klostergebäudes und weit entfernt von den Zimmern der inzwischen schlafenden Nonnen. Er war fensterlos und wirkte daher wie eine Höhle, wie ein Schoß. Bei Tag wurde er durch ein Oberlicht erhellt, aber nach Einbruch der Dunkelheit, wenn nicht gerade der Vollmond am Himmel stand, mußte der Raum mit einer Kerze beleuchtet werden. Man hatte ihn nicht benützt seit den alten Tagen, als das Kloster bis auf den letzten Platz gefüllt war und die Novizinnen in den Kammern im obersten Stockwerk untergebracht wurden. Jetzt standen hier keine Möbel mehr – nur das Kruzifix hing noch an der Wand. Hierher hatten sie Agnes gebracht; sie trug noch ihr Nachthemd aus weißem Leinen.

Sie hatte sich zögernd dazu bereit erklärt, und erst nachdem Mutter Miriam Ruth sie beruhigend in die Arme genommen hatte, ein paar Minuten lang. Selbst dann ängstigte sie sich noch, und beim Anblick des leeren Raums, der in seiner spartanischen Abgeschiedenheit an eine Gefängniszelle erinnerte, machte sie sich los vom Arm der Oberin und drehte sich um, versuchte davonzulaufen.

»Nein, Agnes, du mußt bleiben. Hier passiert dir nichts, das verspreche ich dir«, beruhigte Mutter Miriam Ruth, hielt das Mädchen mit der einen Hand fest und stellte mit der anderen die Kerze auf den Boden. »Ich komme gleich wieder, besorge uns nur Stühle.«

»Nein! Gehen Sie nicht! Bitte!« schrie Schwester Agnes und klammerte sich an das Habit der älteren Frau.

»Ich habe gesagt, ich bin gleich wieder hier; das soll dir

genügen. Laß mich jetzt gehen, Agnes, ich bitte dich. Wir brauchen Stühle. Hier drinnen gibt es keine Sitzgelegenheiten.«

»Bringen Sie nicht mehr als zwei; ich brauche keinen«, rief Dr. Livingston ihr nach. Dann richtete sie ihre Aufmerksamkeit auf die junge Nonne.

»Agnes, du brauchst keine Angst zu haben. Du wirst eine Weile schlafen, und ich stelle dir ein paar Fragen, das ist alles.«

Doch die Augen des Mädchens blieben unnatürlich weit geöffnet, auch nachdem die Oberin wieder zurückgekommen war. Das war so ganz anders als alles, was sie bis dahin erlebt hatte. Hier oben war sie, spät abends, während alle anderen im Kloster schliefen, und mußte mitten in einem Raum sitzen, den sie bis dahin noch nie gesehen hatte. Aber trotz ihrer Angst schloß Agnes die Augen, als die Ärztin mit leiser, wohltuender Stimme auf sie einredete, und ließ die Worte von Dr. Livingston über sich zusammenschlagen wie Wellen im Meer.

»Du bist jetzt ganz entspannt... Du hörst einen Chor von Engelstimmen. Die Musik umgibt dich wie das warme, angenehme Wasser in einer Badewanne. Sie bedeckt deinen Mund, die Nase, die Augen. Wenn ich bis drei zähle, wachst du wieder auf. Kannst du mich hören?«

»Ja.« Agnes war bereits in hypnotischer Trance.

»Wer bin ich?«

»Doktor Livingston.«

»Und warum bin ich hier?«

»Um mir zu helfen«, sagte das Mädchen verträumt.

»Gut. Kannst du mir sagen, warum ich dir helfen soll?«

»Weil ich Probleme habe.«

»Was für Probleme?« fragte Martha.

Darauf erhielt sie keine Antwort, doch die Lippen der

jungen Nonne begannen zu zittern. Mutter Miriam Ruth hatte den Stuhl, auf dem Agnes jetzt saß, in die Mitte des Raums gestellt, direkt unter das Oberlicht, und ein dünner Strahl des Mondlichts, bleicher als der Schein der Kerze, bildete einen kleinen, hellen Lichtteich zu ihren Füßen.

»Was für Probleme, Agnes?« wiederholte die Ärztin, diesmal mit mehr Nachdruck.

Jetzt war der träumerische Ton in der Stimme der Nonne völlig verschwunden, und sie sprach wie ein ängstliches kleines Mädchen. »Ich habe Angst.«

»Wovor?« drängte Martha.

»Angst, es Ihnen zu sagen.«

Dr. Livingston senkte die Stimme und sprach noch sanfter. »Aber das ist doch nicht schwer. Du brauchst nur ganz ruhig zu atmen und dich zu entspannen. Sag es mir. Was sind das für Probleme, Agnes?«

Mutter Miriam Ruth hielt den Atem an; ihre Blicke hatten sich konzentriert auf das Gesicht des Mädchens gerichtet.

»Ich hatte ein Baby«, sagte Agnes leise.

Ein schwacher Seufzer entrang sich der Ärztin. Endlich! Das Bekenntnis, im Unterbewußtsein von Agnes verschüttet; jetzt brauchten sie es nur ans Licht zu holen, das Mädchen von der Last der Schmerzen und Schuldgefühle zu befreien und herauszufinden, was wirklich geschehen war in jener Nacht, als Agnes das Kind geboren hatte – das Baby, das danach getötet worden war.

»Wie kam es, daß du ein Baby hattest?«

»Es ist aus mir gekommen«, antwortete Agnes mit sehr schwacher Stimme.

»Hast du gewußt, daß es herauskommen würde?« fragte die Psychiaterin.

»Ja.«
Martha und Mutter Miriam Ruth tauschten einen langen, stummen Blick. Dann wandte sich die Ärztin wieder an die junge Nonne.
»Hast du gewollt, daß es herauskommt?«
»Nein.«
»Warum nicht?«
»Weil ich Angst hatte.« Und während sie begann, im hypnotischen Schlaf die Schrecken dieser Nacht noch einmal zu erleiden, verzerrte sich ihr Gesicht bei der Erinnerung an ihre Angst.
»Warum hast du Angst gehabt?«
»Weil ich nicht würdig war.«
»Um Mutter zu sein?«
»J-ja.« Es war, als ob man die Antworten aus ihr herausreißen müßte. Das Gesicht des Mädchens verzerrte sich noch mehr, und in ihren Augen standen Tränen.
»Warum?« fragte Martha noch einmal unerbittlich.
Agnes weinte jetzt, schüttelte den Kopf und wandte sich um, als suche sie eine Möglichkeit zur Flucht. Aber Dr. Livingston war da und drängte sie dazu, sich zu erinnern.
»Darf ich jetzt die Augen aufmachen?« bettelte das Mädchen.
»Noch nicht«, sagte Martha sanft. »Sehr bald, aber jetzt noch nicht. Weißt du, wie das Baby in dich gekommen ist?«
»Es ist gewachsen«, schluchzte Schwester Agnes.
»Aber warum ist es gewachsen? Weißt du das?«
»Ja.«
Wieder tauschten die Psychiaterin und die Oberin einen Blick. »Möchtest du es mir nicht sagen?« fragte Martha.
»Nein!« schluchzte Agnes und rang die Hände auf ihrem Schoß. Mutter Miriam Ruth entrang sich ein Stöhnen

des Mitleids, versuchte jedoch es zu unterdrücken, griff statt dessen nach dem Kreuz auf ihrer Brust und flüsterte dabei wie automatisch ein »Gegrüßet seist du, Maria«.
Aber Dr. Livingston konnte nicht an dieser Stelle abbrechen. Sie wußte, daß die Erinnerung in Hypnose ein schmerzhafter Prozeß war, der das Unterbewußte verletzt und blutend zurückließ. Doch es war eine Operation, die Agnes durchstehen mußte, wenn ihr geholfen werden sollte. »Hat sonst noch jemand etwas von dem Baby gewußt?« fragte die Ärztin.
Das hypnotisierte Mädchen wand sich auf dem Stuhl. »Das kann ich Ihnen nicht sagen!« stöhnte sie.
»Wäre sie wütend?«
»Ich mußte versprechen, daß ich es nicht sage«, rief die Nonne verzweifelt.
»Wer hat dich das versprechen lassen?«
Aber die einzige Antwort, die Agnes darauf gab, war ein erstickter Schrei. Im Mondlicht und im Schein der Kerze glitzerten die Tränen auf ihrem Gesicht. Sie rang die Hände, als hätten sie plötzlich ein Eigenleben entwickelt.
Martha änderte die Richtung ihrer Fragen. Da sie fühlte, daß sie hier im Augenblick nicht weiterkommen würde und daß Schwester Agnes zu erregt war, um Fragen nach dem Wer und dem Warum zu beantworten, änderte sie die Zielsetzung ihres Vorgehens.
»Also gut, Agnes«, sagte sie beruhigend, »wir versetzen uns jetzt zurück in dein Zimmer. Es ist der Abend vor sechs Wochen, als du sehr krank gewesen bist.«
»Ich habe Angst!« Die Stimme des Mädchens schwankte, und ihre geschlossenen Lider flatterten nervös.
»Du brauchst keine Angst zu haben«, beruhigte Martha mit sehr leiser Stimme. »Ich bin doch hier. Gut?«
Agnes nickte. Selbst in Hypnose fühlte sie die beruhi-

gende Anwesenheit der Ärztin, und der Klang ihrer Stimme wirkte besänftigend auf sie.

»Sag mir, was du getan hast, bevor du zu Bett gegangen bist.«

»Ich habe gegessen«, erwiderte das Mädchen mit festerer Stimme. Jetzt zitterte sie nicht mehr, und auch das Schluchzen hatte aufgehört. Die Trance schien sich zu vertiefen.

»Was hast du gegessen?«

»Fisch. Und Rosenkohl.« Das Mädchen zog angewidert die Nase hoch.

»Magst du keinen Rosenkohl?«

»Ich hasse ihn«, antwortete Agnes und schüttelte sich abwehrend.

»Und was geschah dann?«

»Wir sind zur Vesperandacht in die Kapelle gegangen. Ich bin früher weggegangen, weil ich mich nicht wohl fühlte...« Sie brach ab, versteifte sich plötzlich, richtete sich gerade auf dem Stuhl auf und schien zu lauschen.

»Was ist?« fragte die Ärztin.

»Jemand geht mir nach.«

»Wer?«

»Ich glaube, es ist Schwester Marguerite.« Sie machte Anstalten, sich umzusehen, obwohl ihre Lider geschlossen waren.

»Ist Schwester Marguerite diejenige, die über das Baby Bescheid gewußt hat?«

Aber Agnes wandte sich ab und weigerte sich, eine Antwort zu geben. Ihr Widerstand gegen diese Frage war sehr stark, selbst unter Hypnose.

Noch einmal wechselte Dr. Livingston die Richtung ihrer Fragen. »Mach die Augen auf, Agnes«, befahl sie.

»Du sollst dein Zimmer so sehen, wie du es in jener Nacht gesehen hast.«
Langsam öffnete Agnes die Augen. Sie starrte geradeaus und befand sich offensichtlich noch immer in tiefer Hypnose.
»Was siehst du?« fragte Martha.
»Mein Bett.«
»Was noch?«
»Ein Kruzifix«, flüsterte die Nonne, die plötzlich sehr erregt zu sein schien.
»Über dem Bett?«
»Ja.«
»Sonst noch etwas?«
Agnes beugte sich vor und geriet mit dem Kopf in den Lichtkegel des Mondes; dabei bewegte sie den Oberkörper und den Kopf hin und her, als suche sie etwas.
»Was siehst du? Ist noch etwas im Zimmer?«
Das Mädchen nickte.
»Was ist es?« fragte Martha und hielt den Atem an.
»Ein Papierkorb.«
Martha atmete tief und langsam aus. Sie fühlte ein Prikkeln an den Armen und im Nacken.
Wir kommen näher, dachte sie. Ganz nahe.
»Weißt du, wer den Papierkorb dort hingebracht hat?«
»Nein«, antwortete Agnes schwach. Es klang so, als ob sie Schmerzen hätte und sich unendlich elend fühlte.
»Warum, glaubst du, hat man ihn dort hingestellt?« bohrte Martha.
»Für mich, damit ich mich übergeben kann.« Das Mädchen verzog angewidert das Gesicht. Dann stieß es ein Wimmern aus und hielt sich den Bauch mit beiden Händen.
»Ist dir nicht wohl?«

»Nein!« keuchte Agnes. Schweißtropfen bildeten sich auf ihrer Stirn und liefen ihr über das Gesicht, als sie die Arme um sich schlang und vor und zurück schwankte, wobei sie wie in Wehen stöhnte.

»Was fühlst du?«

Plötzlich schüttelte eine heftige Kontraktion den Körper der Nonne. Sie schlang die Arme noch fester um den Leib und schrie vor Schmerzen: »Ich habe das Gefühl, als ob ich Glas gegessen hätte!«

»Was tust du jetzt?«

»Ich muß mich übergeben.« Zitternd vor Anstrengung gelang es Agnes, vom Stuhl aufzustehen. Sie taumelte auf den nicht vorhandenen Papierkorb zu und warf sich auf die Knie, wobei sie heftig würgte.

»Ich kann nicht«, stöhnte sie, dann stieß sie ein durchdringendes Kreischen aus, während sich ihr Körper erneut heftig zusammenzog. »Es ist Glas«, schrie sie. »Eine der Schwestern hat mir Glas zu essen gegeben.«

»O mein Gott«, stöhnte Mutter Miriam Ruth und wollte aufstehen, aber eine energische Geste von Dr. Livingston ließ sie wieder zurücksinken auf ihren Platz.

»Welche Schwester hat dir Glas zu essen gegeben?« forschte Martha.

Agnes weinte; ihr Körper zuckte, während eine neue Woge des Schmerzes sie schüttelte. »Ich *weiß* nicht, welche!« jammerte sie. »Sie sind alle eifersüchtig, das ist der Grund.«

»Worauf sind sie eifersüchtig?«

»Auf mich!«

Eine Welle von Wehen erschütterte sie, gefolgt von einer zweiten, die noch heftiger und schmerzhafter zu sein schien. »O Gott!« schrie sie. »O mein Gott!«

Mutter Miriam Ruth erhob sich wieder und streckte

unwillkürlich die Arme nach dem Mädchen aus, versuchte aber nicht, einzugreifen. Statt dessen warf sie Dr. Livingston einen wütenden Blick zu, doch die Psychiaterin bemerkte es nicht. Ihre ganze Aufmerksamkeit galt Schwester Agnes. Auch Martha litt mit dem Mädchen, aber sie wußte, daß sie nichts dagegen tun konnte. So schmerzhaft dies auch sein mochte, die Hypnose war der Beginn der Heilung und mußte bis zum bitteren Ende durchgestanden werden.
Jetzt zerrte Schwester Agnes am Rock ihres Gewands, versuchte es gleich danach wieder zu glätten und wirkte konfus und verwirrt. »Wasser. Es ist alles Wasser.« Sie erlebte noch einmal den Augenblick, in dem sie den Urin nicht mehr halten konnte.
»Warum kommt denn niemand?« fragte Martha.
»Sie können mich nicht hören«, keuchte Agnes und wand sich in einem erneuten Anfall von Schmerzen, kippte dabei nach vorn auf ihrem Stuhl. »O nein, bitte! Ich will nicht, daß das geschieht! Ich *will es nicht*!«
Jesus Christus, dachte Mutter Miriam Ruth, reicht es nicht schon, daß sie das einmal durchmachen mußte? Muß sie es noch einmal erleben, mit den gleichen Schmerzen und der gleichen Angst? Kann man ihr das nicht wenigstens teilweise ersparen? Sie konnte den Blick nicht von dem Mädchen wenden, das sich schreiend in Krämpfen wand, die es zu zerreißen schienen. Gott steh ihr bei, betete die Oberin im stillen. Und Agnes, als habe sie ihre Gedanken gelesen, schrie immer und immer wieder: »O Gott! Oh, mein Gott!«
Vornübergebeugt saß Schwester Agnes da, zitternd und schweißgebadet. Sie konnte nur zwischen den einzelnen Wellen des Schmerzes kurz Luft schöpfen, ehe der nächste Krampf ihren Körper schüttelte.

Dann plötzlich versteifte sie sich und setzte sich auf, als sehe sie jemanden. Sie atmete keuchend, und die Luft rasselte in ihrer Kehle. Dr. Livingston beugte sich vor.
»Was ist das? Was siehst du?«
»Geh weg von mir!« schrie Agnes, und ihr Gesicht war angstverzerrt.
»Wer?« fragte die Ärztin.
Aber Schwester Agnes starrte an ihr vorbei und richtete ihren Blick auf den oder das, was sie sah. »Geh weg. Ich will dich nicht hier haben!« schrie sie laut.
»Ist jemand zu dir ins Zimmer gekommen?«
»Berühre mich nicht! Du sollst mich nicht anfassen!« schrie das Mädchen in höchstem Entsetzen und wich zurück, als wäre die Bedrohung, die niemand sah, eine tödliche. »Bitte! Bitte faß mich nicht an!« flehte sie weinend.
Mutter Miriam Ruth konnte es nicht länger ertragen. Sie ging auf Agnes zu und nahm sie in den Arm, gerade als sie von der nächsten Welle der Wehen ergriffen wurde.
»Lassen Sie sie aufhören!« brüllte sie die Psychiaterin regelrecht an. »Sie wird sich noch ernsthaft Schaden nehmen.«
»Nein!« befahl Martha scharf. »Lassen Sie Agnes los!«
»Ich kann das nicht länger mitansehen!« Die Oberin hielt den Arm des Mädchens fest.
»Nein!« rief Martha und ging auf die beiden zu.
Aber Agnes schrie, riß die Arme hoch und stieß dann Mutter Miriam Ruth mit erstaunlicher Kraft von sich. »Sie wollen mir nur das Baby wegnehmen! Sie versuchen, mir das Baby wegzunehmen!« schrie sie die Oberin an und löste sich aus dem Griff der älteren Nonne.
Mutter Miriam Ruth wich mit vor Entsetzen aufgerissenen Augen zurück. »Nein!«

Die Hände des Mädchens lagen jetzt zwischen den Schenkeln, schlossen sich um den unsichtbaren Kopf des Babys und versuchten, ihn mit aller Gewalt wieder hineinzudrücken in ihren Körper.
»Bleib drinnen! Bitte, bleib doch drinnen!« Aber weitere Wehen, die stärksten bisher, erschütterten ihren Körper. Sie schrie auf vor Schmerzen, warf sich auf den Boden, wälzte sich hin und her, und ihrem Schrei folgte die ebenso laute Stimme von Mutter Miriam Ruth.
»Machen Sie der Sache ein Ende!« schrie die Oberin hilflos und wandte ihr schmerzverzerrtes Gesicht der Ärztin zu. »Helfen Sie ihr.«
»Es ist nicht meine Schuld«, schluchzte Agnes hysterisch. »Es ist nicht meine Schuld, Mammi. Es ist ein Irrtum, Mammi, ein Fehler!«
Der Anblick der Schmerzgequälten war nicht mehr zu ertragen. Martha fühlte, wie irgend etwas in ihrem Innern abschaltete. Sie ging auf Agnes zu, kniete sich neben das Mädchen und umfaßte es mit beiden Armen.
»Agnes, es ist alles gut. Eins, zwei, drei. Es ist alles gut.«
Auf die Worte *eins, zwei, drei* erwachte Schwester Agnes aus der Trance. Sie schwankte erschöpft und wäre zu Boden gestürzt, wenn die Ärztin sie nicht festgehalten hätte.
»Ich bin's, Doktor Livingston. Es ist alles gut.«
Aber das Mädchen zitterte noch; Martha hielt sie fest umschlungen wie ein weinendes Kind, flüsterte ihr Worte des Trostes zu und tätschelte sie dabei an Rücken und Schultern.
»Danke. Danke, Agnes. Wie fühlst du dich?«
»Ich habe Angst«, flüsterte Agnes.
Mutter Miriam Ruth, besorgt und eifersüchtig, wollte diejenige sein, die Agnes jetzt umhegte und tröstete. Es

war nicht nur ihre Pflicht, sondern auch ihr Recht. Sie erinnerte sich daran, wie das Mädchen in Hypnose gegen sie heftig ablehnend reagiert hatte, und als sie sie nun neben Martha Livingston sah, während sie selbst hier stand und von beiden nicht beachtet wurde, empfand die Oberin zugleich Zorn und Neid.

»Es ist schlimm genug, das einmal zu erleben, nicht wahr? Ganz zu schweigen von einem zweiten Mal.«

»Ja.«

»Du warst sehr tapfer. Erinnerst du dich an das, was geschehen ist?«

»Ja«, erwiderte das Mädchen leicht schaudernd.

»Gut. Glaubst du, daß du aufstehen kannst?«

Agnes nickte. Martha ließ sie los, und die Nonne stand auf, langsam und schwerfällig. Die Psychiaterin lächelte sie stolz an wie eine Mutter, deren Kind die ersten Schritte wagt.

Agnes beugte sich vor und schlang dankbar die Arme um die Ärztin. Zwischen den beiden war aus Schmerzen und Qualen eine starke Bindung entstanden – und es war zugleich eine bemerkenswerte Bindung, denn während Schwester Agnes einen Teil ihrer geheimen Last abgeworfen hatte, hatte sich die Ärztin diese Last aufgebürdet und fühlte sich der jungen Nonne dadurch um so enger verbunden.

12

Bin ich vielleicht Miss Marple? dachte Martha, und sie meinte es keineswegs scherzhaft. Ich kann nicht meine ganze Zeit damit vergeuden, dieses Geheimnis zu lüften. Statt dessen sollte ich in meiner Praxis sein, bei meinen eigenen Patienten, denn wenn das noch lange so geht, habe ich keine Praxis und keine Patienten mehr!
Aber nachdem es gelungen war, Agnes zu der Einsicht zu bringen, daß überhaupt eine Geburt stattgefunden hatte, müßte man jetzt herausfinden, wie, zum Teufel, es dazu kommen konnte. Seitdem Martha sich besser im Kloster auskannte, wunderte sie sich nicht mehr darüber, daß die Oberin so steif und fest behauptete, kein Außenseiter könne ungesehen und ungebeten das Grundstück oder gar die Gebäude betreten. Eine Maus beim Katzenkongreß hätte es da leichter gehabt. Und trotzdem mußte es eine Möglichkeit geben. Entweder Agnes hatte das Kloster verlassen, oder jemand war zu ihr hineingelangt – sonst blieb nicht mehr viel übrig als an einen Besuch der drei Weisen aus dem Morgenland zu glauben.
Da die Polizei den Fall als abgeschlossen betrachtete und die Anklage so rasch und mit solcher Sicherheit erhoben worden war, hatte es niemand für notwendig gehalten, herauszufinden, wie es zur Konzeption des Babys gekommen sein mochte. Wer der Mann war und wie er es geschafft hatte, sich Schwester Agnes so zu nähern, daß er Vater ihres Kindes werden konnte, interessierte weder die Anklagevertretung noch sonst jemanden in der Welt außerhalb des Klosters.
Aber mich interessiert es, dachte Martha. Alles, was mit diesem verdammten Fall in Zusammenhang steht, interessiert mich. Ich stecke bis zum Kragen drin, und wenn

es notwendig wird, recke ich eben den Hals hoch, um nicht den Überblick zu verlieren.

Sie war nicht sicher, wo sie beginnen sollte, aber dann kam ihr der Gedanke, daß ein Besuch im Provinzarchiv vielleicht gar keine so schlechte Idee war. Es gab schließlich über alles und jedes Akten und Urkunden, von den Fischrechten der Indianer bis zu den Baubestimmungen in der Innenstadt von Montreal; das alles ruhte in irgendwelchen staubigen Aktenschränken und muffigen öffentlichen Gebäuden, und so gut wie niemand machte sich jemals die Mühe, dort etwas nachzusehen.

In einem dieser öffentlichen Gebäude waren die »Provinzialarchive Bauwesen und Ländereien der Provinz Quebec« untergebracht.

Die Archive befanden sich in einem einzigen, großen Raum, wo es nach altem Papier und ungeputzten Fenstern roch. Es gab hohe Regale, die fast bis zur vier Meter hohen Decke reichten, und dort stapelten sich gerollte Landkarten und Vermessungsakten. Regal für Regal hatte man die Geschichte Kanadas hier zusammengetragen, aufgerollt und verwahrt – und keiner interessierte sich jemals wieder dafür.

Ein Mann, ein Archivar, saß hinter einem Schreibtisch nicht weit von der Tür und war vertieft in eine Ausgabe der *Cahiers du Cinema*. Er hob den Blick und erschrak ein wenig, als hätte er nicht angenommen, daß außer ihm jemals ein Mensch diesen Raum betreten würde.

»Entschuldigen Sie die Störung«, begann Martha, »aber ich suche die Grund- und Bebauungspläne des Klosters Maria Magdalena in Berthierville.«

Der Archivar legte seine Filmzeitschrift zur Seite, und sein Gesicht hellte sich auf. *»Ah, oui, C'est un heritage.*

Je crois qu'il date du dix-neuvième siècle. Suivez-moi, s'il vous plaît. «
Er stand auf und ging hinüber zu den verstaubten Regalen. Martha fragte sich, wie er wissen konnte, wo man was suchen mußte. Doch er schien mit der aufgestapelten Geschichte vertraut zu sein, denn innerhalb von Minuten hatte er eine große Rolle aus einem der Regale gezogen und breitete sie jetzt auf einem Kartentisch aus.
»*Le couvent des Petites Sœurs de Marie Magdalene*«, verkündete er, als er den Plan weit genug aufgerollt hatte, daß man Einzelheiten erkennen konnte. »*Pourquoi avez-vous besoin de ceci?*« Er warf ihr über den oberen Rand seiner Brille hinweg einen scharfen Blick zu.
»*J'écris une étude des couvents*«, log Dr. Livingston. Sie konnte ihm nicht verraten, wozu sie die Information in Wirklichkeit brauchte, obwohl sie wußte, daß ihre Ausrede ziemlich schwach klang.
Jetzt war der Plan ganz aufgerollt, und der Archivar beugte sich darüber, war offensichtlich ganz in seinem Element. »*Très intéressant*«, sagte er nachdenklich. »*Ce document contient tout, même les entrées secretes.* «
Geheime Eintragungen! Die Psychiaterin spitzte die Ohren und folgte mit ihrem Blick fasziniert dem Finger des Archivars, als er auf eine gepunktete Linie zeigte.
»Ein unterirdischer Gang – so etwas gab es in allen Klöstern«, erklärte er auf französisch. »Sie dienten meistens dazu, um von einem Gebäude zum anderen zu gelangen, wenn draußen tiefer Schnee lag. Genau wie dieser hier.« Er zeigte wieder auf die gepunktete Linie des Plans.
»So ist er also reingekommen«, murmelte Martha vor sich hin. Sofort warf ihr der Archivar einen argwöhnischen Blick zu.

»Pardonnez-moi, qu'est-ce que vous avez dit?«
»Rien, rien«, antwortete Martha hastig. *»Merci mille fois«*, fügte sie hinzu, nahm ihre Tasche und die Handschuhe, rannte beinahe hinaus und fing draußen im Korridor tatsächlich zu laufen an, hinunter auf die Straße. Dabei kam sie sich – sehr zu ihrer Überraschung – tatsächlich wie Miss Marple vor.
Sobald sie ihren Wagen erreicht hatte, notierte sich Dr. Livingston alles, was sie aus dem Plan erfahren hatte, in das schwarze kleine Buch, das sie immer bei sich trug, und fertigte auch eine Gedächtnisskizze der wesentlichen Stellen des Plans an. Jetzt brauchte sie nur noch die Strecke zu überprüfen, die auf dem Plan mit der gepunkteten Linie angedeutet worden war. Aber wenn dieser unterirdische Gang nicht mehr existierte? Das Kloster war immerhin eineinhalb Jahrhunderte alt; es wäre also durchaus möglich gewesen, daß der geheime Gang seit fünfzig oder mehr Jahren nicht mehr benutzt wurde. Hätte Mutter Miriam Ruth ihn nicht erwähnt, wenn sie etwas davon wußte? Oder war das ein Beispiel dafür, wie sie Schwester Agnes schützte und versuchte, Dr. Livingston die Wahrheit vorzuenthalten?
Martha überlegte, ob sie der Oberin sagen sollte, was sie jetzt suchte, doch dann schlug sie sich den Gedanken aus dem Kopf. Es war durchaus möglich, daß ihr Mutter Miriam Ruth die Suche nach dem Geheimgang verbot, also schien es ihr in diesem Fall ratsam, erst zu schießen und dann Fragen zu stellen.
Auf der Fahrt nach Berthierville konnte Martha an nichts anderes als den Geheimgang denken, an die gepunktete Linie, die vom Kloster in die Außenwelt führte. Nachdem Schwester Marguerite sie mürrisch wie immer eingelassen hatte, ging sie direkt zur Kapelle. Dort begann auf

dem Plan die gepunktete Linie, an einer Stelle direkt unter dem Altar.
Aber wo? Die Wände schienen aus Stein zu sein, und es gab keine kleinen Holztüren, keine Eisenringe, die als Griff dienen konnten. Auch der Boden war Stein. Das einzige Licht stammte von den Kerzen, die an einem Seitenaltar vor einer Statue des Heiligen Michael mit dem Schwert brannten.
Der Heilige Michael. Martha überlegte einen Augenblick. War er nicht der Erzengel, der das Paradies bewachte? Ja, er war es, der Adam und Eva mit dem Flammenschwert aus dem Garten Eden vertrieben hatte, auf Geheiß Gottes. Er bewachte das Portal, das Schwert in der Rechten, die linke Hand an der Seite, aber . . . Martha fühlte, wie ihr Herz schneller klopfte. *Sein linker Zeigefinger deutete nach unten!*
Sie näherte sich der Statue, und ihr Blick folgte der Richtung des Fingers. Links befand sich ein niedriger, steinerner Bogengang, der vom Hauptaltar und vom Kirchenraum aus nicht zu sehen war. Neben dem Bogengang führten ein paar schmale Steinstufen nach unten. Sie waren gut verborgen und lagen fast völlig im Dunkeln.
Martha nahm eine Kerze aus einem der Kerzenhalter vor der Statue. Dann duckte sie sich, damit sie nicht mit dem Kopf an den niedrigen Bogen stieß, und ging die Treppe hinunter.
Die Stufen führten zu einer verlassenen Krypta, wo die ersten Nonnen der Kleinen Schwestern von Maria Magdalena begraben worden waren, in den frühen Tagen des Klosters. Inzwischen setzte man die Toten des Klosters längst nicht mehr in der Krypta, sondern draußen auf dem Friedhof bei, und hier drinnen hatte sich der Staub

der Jahre breitgemacht. Die Grabplatten waren gesprungen. Ein schmaler Pfad führte zwischen den Reihen der Steinsarkophage hindurch, und Martha folgte ihm. Sie hatte solche Grabstätten noch nie aus der Nähe gesehen, aber sie erinnerten sie an die Etruskergräber, die sie auf einer Urlaubsreise in Italien besucht hatte.

Neugierig blieb sie an einem der Sarkophage stehen, wischte den Staub weg und hielt die Kerze näher hin, damit sie die Inschrift lesen konnte. SŒUR JESUS MATILDE, 1772–1856. DEUS SALVAT. Ein gutes, langes Leben, dachte die Psychiaterin, und vermutlich längst nicht so kompliziert wie heutzutage.

Aber sie mußte weiter; außerdem war die abgestandene, feucht-muffige Luft der Krypta auf die Dauer unbehaglich. Am entgegengesetzten Ende sah sie die Öffnung eines Tunnels – der Geheimgang, der nach draußen führte. Deshalb war sie hergekommen: Um den Weg ins Freie zu finden, den Weg, den Schwester Agnes genommen haben mußte am Abend des 23. Januars, als Schwester Paul gestorben war und Agnes ein Kind empfangen hatte.

Der Gang schien lang und dunkel zu sein. Die Dunkelheit erschreckte Martha nicht; die Psychiaterin war zu sehr von der Vernunft bestimmt, als daß sie sich im Dunkeln geängstigt hätte. Aber sie hörte leises Rascheln vor sich und das Kratzen kleiner Krallen. Im besten Fall Mäuse, im schlimmsten Ratten. Ratten waren unangenehm, selbst für aufgeklärte Gemüter. Martha atmete tief ein.

Aber was hier auch sein mag, sagte sie sich, es hat bestimmt mehr Angst vor mir als ich vor ihm.

Sie betrat den Gang und war bemüht, die Kerze nicht verlöschen zu lassen. Hier drinnen herrschte ein durchdringender Gestank, und sie versuchte, vorwiegend durch den Mund zu atmen. Wie lang der Gang war, wie lange sie sich schon hier befand – sie wußte es nicht. Vielleicht fünf, vielleicht zehn Minuten. Zeit und Raum sind trügerisch im Dunkeln.

Sie versuchte, als sie zögernd weiterging, sich vorzustellen, wie Schwester Agnes diesen Weg benutzte. Versuchte sich in die Situation von Agnes zu versetzen. Hatte sie Angst, wenn sie hier war, allein und in der Dunkelheit? Stellte sie sich vor, daß dies der Abstieg in die Hölle war? Oder wartete am anderen Ende der Himmel auf sie? Wußte Agnes, worauf sie sich da Schritt für Schritt zubewegte?

Andere Fragen bedrängten Dr. Livingston. Wenn Agnes tatsächlich in jener Nacht diesen Gang benutzt hatte – wie hatte sie ihn entdeckt? Hatte der Mann, wer immer es sein mochte, sie eingeweiht? Hatten sie sich schon früher getroffen? Oder war dieser »Geheimgang« bei den Schwestern des Klosters allgemein bekannt, ein Wissen, das man ihr vorenthalten hatte, weil sie eine Außenseiterin war?

Jetzt schien sie sich dem Ende des unterirdischen Ganges zu nähern. Er verbreiterte sich zu einem kleinen, quadratischen Raum. Eine Sackgasse. Aber das war lächerlich; man legte schließlich keinen Tunnel an, der ins Nichts führte. Es sei denn, man hatte diesen Gang schon vor Jahrzehnten am anderen Ende zugeschüttet. Und dann geht meine ganze schöne Theorie den Bach hinunter, dachte Martha.

Sie hielt die Kerze in die Höhe und ließ das schwache Licht auf die Wände fallen. Da! Ja, oben an der niedrigen Decke, dicht über ihrem Kopf: eine hölzerne Klapptür, von drei Riegeln gehalten. Die Ärztin stellte sich auf die

Zehenspitzen und schob einen Riegel nach dem anderen zur Seite. Sie ließen sich mühelos bewegen; offenbar war die Tür vor nicht allzu langer Zeit geöffnet worden. Dann zog sie die Tür nach unten, stemmte sich hoch und stützte sich, sobald sie oben angekommen war, auf die Ellbogen; dabei keuchte sie vor Anstrengung.
Nach der Dunkelheit des Tunnels blendete das Licht des frühen Novembernachmittags, so daß Martha für einen Moment die Augen schließen mußte. Eine Minute lang wußte sie nicht, wo sie war; sie hatte nur den Eindruck eines großen, offenen Raums im hellen Licht. Außerdem war es kalt, bitterkalt. Dann plötzlich wußte sie, wo sie war.
Es war die Scheune. Die große, leere, ungenutzte Scheune. Dort endete der unterirdische Gang. Natürlich! In den alten Tagen war er die Verbindung zwischen dem Kloster und den Stallungen gewesen. In den eisigen Wintern konnten die Nonnen die Tiere füttern und melken, ohne durch den hohen Schnee stapfen zu müssen. Heute, da das Kloster nur noch eine einzige Kuh besaß, die im kleinen Stall neben dem Hauptgebäude stand, war die Scheune der ideale Ort für ein Rendezvous.
War Schwester Agnes am Abend des 23. Januars hierher gekommen, als Schwester Paul, ihre einzige Freundin, im Sterben lag?

Martha Livingston verließ das Kloster, ohne mit Agnes oder der Oberin zu sprechen. Sie brauchte etwas Zeit, um die Bedeutung ihrer Entdeckung zu überdenken und sich zu überlegen, wie sie ihr Wissen am besten bei Agnes anwenden konnte.
Doch diese Zeit war ihr nicht gegönnt.
Mutter Miriam Ruth war so erregt gewesen über die

Hypnose-Sitzung, daß sie sich unverzüglich mit dem Bischof in Verbindung gesetzt hatte. Und als sie am folgenden Tag von Schwester Marguerite erfuhr, daß die Psychiaterin zwar im Kloster gewesen war, aber nicht nach ihr gefragt oder mit ihr gesprochen hatte, war die Oberin erst recht verärgert. Sie telephonierte wieder mit dem Bischof und wünschte, nein, forderte einen sofortigen Termin.

Der ihr gewährt wurde. Seine Eminenz schickte sogar einen Privatwagen mit Chauffeur nach Berthierville, um Mutter Miriam Ruth in Begleitung von Schwester Anne nach Montreal zu fahren. Das Gespräch mit dem Bischof verlief kurz und sachlich und endete in völliger Übereinstimmung zwischen den beiden. Jetzt ging es nur noch darum, Dr. Livingston über die Entscheidung des Bischofs zu informieren.

Die Oberin meinte, es sei ihr ein großes Vergnügen, diese Aufgabe zu übernehmen, und Seine Eminenz war so gnädig, es zu gestatten. Die beiden Nonnen kletterten wieder in die Limousine und wurden zur Praxis von Dr. Martha Livingston chauffiert.

Helen Gervaise, Marthas Sekretärin und Praxishilfe, tippte gerade die Briefe, die ihr die Ärztin auf Tonband diktiert hatte, als eine Nonne mit grimmigem Gesicht, gefolgt von einer zweiten, eher eingeschüchterten Klosterschwester, ohne Umstände ins Vorzimmer platzten. Helen war in den Text auf dem Tonband vertieft und blickte erst auf, als die erste Nonne heftig auf ihren Schreibtisch klopfte.

»Ist Doktor Livingston da?« fragte Mutter Miriam Ruth drohend.

»Wen darf ich anmelden?«

»General MacArthur«, zischte die Oberin und mar-

schierte an ihr und einer wartenden Patientin vorbei auf Marthas Sprechzimmer zu.
»He! Moment mal!« protestierte Helen. »Sie können nicht einfach hineingehen. Bitte!«
Aber die Oberin ließ sich nicht aufhalten. Nachdem sie Schwester Anne im Wartezimmer zurückgelassen hatte, öffnete sie die Tür zur Praxis. Als die Sekretärin sie eingeholt hatte, befand sie sich bereits mitten im Sprechzimmer.
»Schon gut, Helen«, rief Martha als Antwort auf das schuldbewußte Schulterzucken ihrer Sekretärin. »Aber schließen Sie bitte die Tür.« Dann schaute sie die Oberin fragend an. Mutter Miriam Ruth kam ohne Gruß zur Sache.
»Ich habe eben den Bischof besucht, und wir haben beschlossen, Sie von dem Fall zu suspendieren.«
»Mich – zu suspendieren? Wovon reden Sie da? Sie können mich nicht von dem Fall suspendieren. Ich bin vom Gericht bestellt.«
»Wenn wir einen Psychiater für Agnes engagieren wollen, werden wir uns selbst einen suchen.«
»Einen, der nur die Fragen stellt, die Sie ihm vorschreiben«, fuhr Martha die Oberin an.
Mutter Miriam Ruth bemühte sich um Beherrschung und erwiderte: »Einen, der die Sache mit Objektivität und Respekt angeht!«
»Respekt – vor wem? Vor der Kirche?« erwiderte die Psychiaterin wütend.
»Vor Agnes!«
Marthas Augen verengten sich zu Schlitzen. »Warum – halten sie Agnes für eine Heilige?«
Mutter Miriam entgegnete verhalten: »Sie ist von Gott berührt, ja.«

Diese Erklärung rief bei Martha etwas wie eine Explosion hervor. »Und wie, wenn ich fragen darf?« erregte sie sich. »Sie hat Halluzinationen, hört zu essen auf und blutet spontan. Soll ich mich durch diesen Hokuspokus davon überzeugen lassen, daß Gott sie berührt hat? O nein – dazu bräuchte es mehr, viel mehr – ein Wunder!«
Einen Augenblick lang stand die Oberin sprachlos da und überlegte, ob sie der Psychiaterin das erwidern sollte, was sie in diesem Augenblick dachte. Dann atmete sie tief ein und begann: »Der Vater...«
»Wer ist der Vater?« unterbrach Martha.
»Warum muß es denn *jemand* sein?«
Sprachlos starrte die Ärztin die Oberin an, bis sie deren Worte in ihrer ganzen Bedeutung erfaßt hatte. Dann brach sie in schallendes Gelächter aus. »O mein Gott, Sie sind genau so verrückt wie alle anderen in Ihrer Familie!«
Mutter Miriam Ruth, die nicht mit einer solchen Reaktion gerechnet hatte, schaute verletzt und verwirrt drein.
»Ich weiß nicht, ob es so ist, ich – ich glaube nur, daß... Es könnte ja möglich sein...«
»Und wie stellen Sie sich das vor?« zischte Martha voller Zorn. »Glauben Sie, eine große weiße Taube ist an ihr Fenster gekommen?«
»Ziehen Sie nicht alles ins Lächerliche!« protestierte die Oberin beleidigt.
»Dann geben Sie mir eine vernünftige Erklärung«, forderte die Ärztin.
»Ein Wunder ist ein Ereignis, für das es keine Erklärung gibt. Wenn es ihr gelingt, mitten in ihrer Hand ein Loch entstehen zu lassen, ohne daß sie einen Nagel zu Hilfe nimmt, warum kann sich dann nicht auch eine Zelle in ihrem Schoß spalten?«
Martha schloß verzweifelt die Augen; alle Vernunft, über

die sie verfügte, protestierte gegen solch unwissenschaftlichen Wahnwitz. »Das ist vollkommen verrückt!« Aber Mutter Miriam Ruth war in Rage, und nun konnte nichts mehr sie halten, während sie sich für ihre Theorie erwärmte. »Es gab in jener Nacht keinen Mann im Kloster, und es gibt keinen Weg für einen Mann, das Kloster zu betreten und zu verlassen, ohne daß wir es erführen.« Sie preßte die Lippen zusammen, als sei der Fall damit endgültig geklärt.

»Sie behaupten also, Gott hätte ihr das Kind gemacht!« bemerkte Martha und zog dabei die Augenbrauen hoch.

»Nein!« erwiderte die Oberin leidenschaftlich. »Das wäre so, als wenn ich sagen würde, Pfarrer Martineau hätte ihr das Kind gemacht. Ich sage, Gott hat es zugelassen.«

»Und wie soll es dann geschehen sein?« bohrte Dr. Livingston.

Mutter Miriam Ruth schaute sie mit einem entrückten Lächeln an. »Sie werden nie eine Antwort auf alle Fragen finden, Doktor. Für jedes Wunder, das die Wissenschaft erklären kann, ereignen sich zehntausend, die nicht erklärbar sind.«

»Ich dachte, Sie glauben nicht, daß sich heutzutage noch Wunder ereignen.«

»Aber ich möchte wenigstens die Möglichkeit dazu offenlassen. Ich will es glauben«, erwiderte die Klosterfrau leise und ernst.

Martha stand auf und schaute der Oberin in die Augen. Sie sprach langsam und betonte jedes Wort, als sie sagte: »Sie haben sich entschlossen, an eine Lüge zu glauben. Und warum? Weil Sie nicht der Tatsache ins Auge sehen wollen, daß Agnes vergewaltigt oder verführt wurde oder daß sie selbst die Verführerin gewesen ist.«

Die Oberin zuckte zusammen, als ob sie geschlagen worden wäre. »Sie ist unschuldig!« protestierte sie.
»Aber sie ist kein Wunderwesen. Alles, was Agnes getan hat, kann durch die moderne Psychiatrie erklärt werden.«
»Und das glauben Sie?« fragte Mutter Miriam Ruth. »Daß ihre Seele nichts weiter ist als die Summe ihrer psychologischen Details?«
»Das muß ich wohl glauben«, antwortete die Ärztin leise.
»Und warum sind Sie dann so von ihr besessen?« zischte die Oberin, und ein Ausdruck der Befriedigung trat auf ihre Züge, als sie sah, wie sehr diese Frage Dr. Livingston getroffen hatte. »Sie können nicht mehr schlafen«, fuhr die Oberin fort, »Sie müssen ständig an Agnes denken, sind entschlossen, sie zu retten. Aber warum? Das ist auch eine von den Fragen, die keiner Antwort bedürfen.«
Mutter Miriam Ruth drehte sich um in der Absicht, den Raum nach diesem Sieg zu verlassen. Es war an der Zeit für Martha Livingston, ihren Trumpf auszuspielen.
»Es gibt einen unterirdischen Gang, der von der Krypta hinter dem Altar der Kapelle hinaus in die Scheune führt. Haben Sie das gewußt?« fragte sie leise und ruhig.
Die Oberin fuhr herum, und auf ihren Zügen stand der Ausdruck der Verblüffung.
»Das ist die Lösung«, schleuderte Martha der Klosterfrau ins Gesicht. »So hat Agnes das Kloster verlassen können, ganz ohne Wunder und Zauberei.«
Mutter Miriam Ruth machte eine abschätzige Handbewegung. »Das ist doch verrückt«, sagte sie tonlos. »Wie hätte Agnes den unterirdischen Gang finden sollen?«
»Jemand hat es ihr vermutlich gesagt.«
»Aber wer? Dieser Gang ist seit fünfzig Jahren nicht mehr benutzt worden.«

Martha war an den Grenzen ihrer Beherrschung angelangt; jetzt konnte sie nicht mehr an sich halten. »Hören Sie doch endlich auf mit Ihren törichten Lügen, Mutter!« platzte sie heraus.

»Warum sollte ich lügen?« fragte die Oberin sanftmütig.

»Weil es hier um einen Mord geht!«

Das Wort fiel wie ein feindliches Geschoß zwischen die beiden Frauen. Mutter Miriam Ruth keuchte: »Um einen Mord?«

»Haben Sie sich keine Gedanken gemacht über das, was Agnes uns gesagt hat?« fragte die Psychiaterin scharf. »Über die andere Person, die in ihrem Zimmer war?«

»Ich mache mir nur Gedanken über ihre Gesundheit und ihre Sicherheit!« gab die Oberin kalt zurück.

»Wer war diese andere Person, Mutter Miriam?« zischte Martha. »Waren Sie es vielleicht?«

Aber Mutter Miriam Ruth zog sich aus dieser Auseinandersetzung zurück. »Wenn Sie der Meinung sind, daß es sich um einen Mord handelt«, sagte sie kühl und würdevoll, »dann müssen Sie sich an den Kronanwalt wenden, nicht an mich. Und ganz bestimmt nicht an Agnes.« Damit marschierte sie zur Tür.

»Warten Sie!« rief ihr Martha nach. »Wohin gehen Sie?«

Aber alles, was die Psychiaterin noch sah, war der Rükken eines schwarzen Ordensgewandes, das sich entfernte, und alles, was sie hörte, war eine Tür, die ins Schloß fiel.

13

Martha war verzweifelt. Sie unterschätzte keine Sekunde lang den Einfluß des Bischofs, der sie von ihrem Fall suspendieren konnte, ganz gleich, ob sie vom Gericht beauftragt worden war oder nicht. Der Bischof war eine bedeutende Persönlichkeit in der Provinz Quebec und vor allem hier in Montreal. Wenn Mutter Miriam Ruth triumphierend mit der Ankündigung zu ihr gekommen war, konnte man damit rechnen, daß der Bischof nicht nur die Räder in Bewegung gesetzt hatte, sondern daß sie sich in diesem Augenblick bereits bewegten, um sie, Dr. Martha Livingston, zu überrollen.

Und sie hatte recht. Kaum daß die Oberin in einem Sturm aus selbstgerechtem Zorn ihre Praxis verlassen hatte, wurde Martha bereits vom Justizgebäude aus am Telephon verlangt. Das ausweichende Benehmen der Sekretärin von Richter Leveau war Warnung genug, und als Miss Hilliard hinzufügte: »Wir haben Ihnen einen Brief geschrieben, Doktor Livingston. Sie dürften ihn vermutlich mit der morgigen Post erhalten«, war Martha klar, daß sie rasch handeln mußte. Sie nahm ihre Jacke und die Handtasche, lief hinaus ins Vorzimmer, entschuldigte sich in aller Eile bei der noch immer wartenden Patientin und fuhr schnurstracks zum Gerichtsgebäude.

Richter Leveau wollte gerade sein Büro verlassen, als sie atemlos hereinstürmte. Ein Blick auf seine schwarze Robe, und Martha wußte, daß er auf dem Weg zu einer Verhandlung war. Ihr Mut sank.

»Ich habe jetzt keine Zeit für Sie, Martha«, versuchte er sie abzuschütteln. »Ich habe Ihnen einen Brief geschrieben, aber wenn Sie nicht darauf warten können, bitten Sie Miss Hilliard, daß sie Ihnen die Kopie zeigt.«

»Joe, bitte, tun Sie mir das nicht an.«
Aber er war schon unterwegs den marmorgefliesten Korridor entlang zum Gerichtssaal. Seine Gedanken beschäftigten sich mit dem Prozeß, den er leiten sollte, und er warf einen wütenden Blick auf Dr. Livingston, die mit ihm Schritt hielt.
»Ich will doch nur eine Woche Zeit!« bat sie.
»Wozu?« Richter Leveau ging weiter. »Mutter Miriam Ruth ist hartnäckig. Und Sie haben bisher keinerlei Fortschritte gezeigt –«
»Ich bin ihr lästig«, unterbrach ihn die Ärztin.
»Sie sind in dieser Sache, ehrlich gesagt, uns allen lästig, Martha«, knurrte er.
»In spätestens einer Woche haben Sie meinen Sachverständigenbericht«, versprach Martha.
Der Richter verlängerte seine Schritte, als wolle er der Ärztin entkommen, und auf seinem normalerweise friedlichen Gesicht war ein ärgerlicher Ausdruck zu erkennen. »Ich darf Sie daran erinnern, Doktor Livingston, daß Sie zunächst diesen Fall gar nicht übernehmen wollten. Es scheint, als hätten Sie damals recht gehabt. Und jetzt haben wir lange genug zugesehen. Sie sind suspendiert!«
»Joe!« Sie standen vor der Tür zum Gerichtssaal, und Martha wußte, daß ihre letzte Chance, den Fall zu behalten, dahin war, sobald der Richter durch diese Tür gegangen war. Sie war am Ende ihrer Möglichkeiten angelangt.
»Agnes hat ihr Kind nicht getötet!« Ihre Worte riefen ein unheimliches Echo auf dem Marmorgang hervor und ein noch unheimlicheres in Marthas Kopf.
Richter Leveau blieb abrupt stehen und wandte sich zu ihr um. Sein Gesicht war jetzt sehr ernst.
»Haben Sie Beweise?« fragte er sie streng.
»Ich werde sie beibringen«, beschwor ihn Martha.

»Wann?«
»Nächste Woche.«
Er stieß einen Laut der Verärgerung aus und wandte sich um, als wolle er den Gerichtssaal betreten. »Nein, Martha –« begann er, als sei er es leid, mit ihr zu argumentieren.
»Morgen!« rief Dr. Livingston. »Wenn es sein muß, liefere ich die Beweise morgen.«
Einen Augenblick lang zögerte der Richter, hatte den Fuß schon auf der Schwelle. Dann drehte er sich noch einmal zu der Psychiaterin um. Marthas Wangen waren gerötet, und ihre Augen glänzten wie im Fieber. Leveau seufzte; er war kein rücksichtsloser Mann.
»*Oui. Bon. A demain*«, sagte er schließlich.
Jetzt hatte sie noch bis morgen Zeit. Aber nicht länger.

Zum erstenmal, seit sie das Kloster besuchte, fand sie das schmiedeeiserne Tor offen. Außerdem standen mehrere Wagen davor, zwei zerbeulte alte Fords und ein funkelnder, neuer Chevrolet-Kastenwagen neben Pfarrer Martineaus Volvo. Etwas ging dort drinnen vor sich. Eine Minute lang stand die Ärztin am Tor und fragte sich, ob sie nach Schwester Marguerite läuten sollte, und ob Schwester Marguerite sie überhaupt einlassen würde. Dann nahm sie das offene Tor als Einladung, ging über den Kiesweg und betrat das Hauptgebäude durch die schwere Eichentür, die ebenfalls unverschlossen war.
Niemand kam, um sie zu begrüßen oder hinauszuwerfen. Auch in der Halle war kein Mensch zu sehen, niemand schrubbte den Boden, schleppte Armladungen gebügelter Wäsche oder glitt einfach durch die Gänge, wie das die Nonnen zu tun pflegen. Aber aus einiger

Entfernung hörte sie Stimmen bei einem rituellen Gesang. Sie kamen aus der Kapelle.
Martha wußte, daß sie nicht das Recht hatte, dort einzudringen und zu stören, aber die Stimmen klangen so schön, daß sie von ihnen wider Willen und auf magische Weise zur Kapelle gezogen wurde. Aus allen anderen hörte sie die klare, reine Stimme von Agnes heraus, die Stimme, die Mutter Miriam Ruth nach so vielen Jahren als die ihres Schutzengels wiedererkannt hatte. Der Gedanke schien gar nicht so weit hergeholt zu sein.
An der Tür zur Kapelle blieb sie stehen und spähte hinein. Ein Blick, und sie begriff.
Heute war der Tag, an dem Schwester Geneviève ihr endgültiges Gelübde ablegte. Die Kapelle war mit Blumen geschmückt, und Blumen umrahmten die Novizin, die mit dem Gesicht nach unten auf dem Boden lag und die Arme ausgebreitet hatte – ein lebendiges Kreuz. Sie trug bräutliches Weiß zur Feier ihrer Vermählung mit Jesus Christus.
Pfarrer Martineau, ebenfalls in Weiß, stand über dem Mädchen und schwang ein Weihrauchgefäß, von dem duftender Rauch aufstieg. Das Gefäß war groß und schwer, und er hatte Mühe, es zu halten; ein jüngerer Pfarrer unterstützte ihn dabei.
Mutter Miriam Ruth kniete allein in einem Betstuhl, den Rosenkranz um die Finger gewickelt, den Kopf gebeugt, den Blick auf Schwester Geneviève gerichtet. Dachte sie an die Jahre, in denen die Kapelle voll war von Novizinnen, die sich Jesus Christus weihten? Jetzt war da nur noch eine, und im nächsten Jahr gab es vielleicht gar keine mehr.
In den vorderen Bänken saß eine kleine Gruppe Dorfbewohner, stolz lächelnd und im besten Sonntagsstaat.

Genevièves Familie, vermutlich Bauern und die Besitzer der alten Fords und des neuen Chevy-Kastenwagens. Eine Frau schluchzte in ein spitzenbesetztes Taschentuch. Das mußte die Mutter des Mädchens sein, die ihre Tochter für den Rest ihres Lebens unter die Obhut einer anderen Mutter stellte, einer Mutter Oberin.
Die Nonnen sangen, auf wunderbare Weise geführt von Agnes, deren exaltiertes Gesicht die Kerzen vor dem Altar und die Gesichter der Heiligen überstrahlte.

Agnus Dei,
Qui tollis peccata mundi,
Miserere nobis.
Agnus Dei,
Qui tollis peccata mundi,
Miserere nobis.
Agnus Dei,
Qui tollis peccata mundi,
Dona nobis pacem.

Lamm Gottes, du nimmst hinweg die Sünden der Welt, gib uns den Frieden...
Ich habe hier nichts zu suchen; ich bin nur ein ungebetener Eindringling, dachte Martha, und es versetzte ihr einen Stich. Sie eilte davon, bevor jemand sie entdecken konnte. Hastete zu ihrem Wagen, fuhr los und steuerte ziellos ein paar Kilometer weit durch die ländliche Gegend, bevor sie an einer breiteren Stelle der Straße anhielt und den Motor abschaltete.
Da saß sie dann mit klopfendem Herzen und versuchte, ihre Gedanken zu ordnen und ihre verwirrten Gefühle zu analysieren. Sie gierte geradezu nach einer Zigarette, aber Martha hatte keine bei sich. Sie hatte nicht mehr

geraucht seit dem Abend, als sie und Mutter Miriam Ruth rauchend in dem Pavillon gesessen und miteinander gealbert hatten. Hier und da vermißte sie die Zigaretten, bedauerte es sogar, daß sie das Rauchen aufgegeben hatte, aber meistens war sie froh, ohne Nikotin leben zu können, und dankbar dafür, daß sie die Krücke des Rauchens nicht mehr nötig hatte.

Was hatte sie zu Agnes gesagt? »Das Rauchen ist eine Art Besessenheit bei mir. Ich glaube, ich höre erst dann zu rauchen auf, wenn ich von etwas anderem besessen bin.« Ich scheine mich besser zu kennen als ich glaubte, dachte sie jetzt. Vermutlich habe ich meine Besessenheit vom Tabakgenuß auf diesen Fall gelenkt. Vielleicht auch direkt auf Agnes. Bin ich wirklich besessen von ihr, wie Mutter Miriam Ruth das behauptet? Sie hat gesagt, ich könne nicht mehr schlafen und müsse ständig an Agnes denken. Und sie hat recht. Ich bin davon besessen, Agnes zu retten.

Die Ironie der Situation – beide Frauen waren von der Unschuld der jungen Nonne überzeugt, und beide aus völlig entgegengesetzten Gründen – kam Martha beinahe komisch vor. Mutter Miriam Ruth war besessen von der geistigen Unschuld des Mädchens, während es Martha darum ging, die Unschuld von Agnes vor Gericht darzulegen. Die Psychiaterin wollte Detektiv spielen und beweisen, daß Agnes das Kind nicht getötet hatte. Die Nonne wollte Gott spielen und beweisen, daß Agnes eine wahrhafte Heilige war. Welche von beiden hatte recht? Oder irrten sich alle zwei?

Martha erinnerte sich an ihren Traum, und ein Schauer lief ihr über den Rücken. In der vergangenen Nacht hatte sie geträumt, daß sie Hebamme war, in einer kleinen Privatklinik eines weit entfernten Landes. Sie war ganz in

Weiß gekleidet, und der Raum, in dem sie sich befand, war auch weiß gestrichen; ein Fenster stand offen, und sie konnte die tiefverschneiten Berge sehen. Vor ihr auf einem Operationstisch lag eine Frau, die für den Kaiserschnitt vorbereitet war. Die Frau begann zu schreien, und Martha wußte, daß sie das Baby so rasch wie möglich aus ihrem Leib schneiden mußte. Mit einem Messer machte sie einen Schnitt in die Bauchdecke der Frau, langte dann bis zu den Handgelenken hinein. Plötzlich fühlte sie, wie eine winzige Hand nach ihren Fingern faßte und daran zog.

Und als die Hände der Frau meinen Kopf faßten und mich nach unten zerrten, zog mich das kleine Wesen hinein bis zu den Ellbogen, den Schultern, bis zum Kinn... Aber als ich den Mund öffnete, um zu schreien –

Sie war erwacht und hatte festgestellt, daß ihr Laken befleckt war von ihrem Blut. Menstruationsblut. Ihre Monatsblutungen, die immer sporadisch gewesen waren und seit drei Jahren ganz fehlten, hatten wieder eingesetzt.

Es war ihr so vorgekommen, als ob etwas Wichtiges, etwas, das man ihr weggenommen hatte, wieder zu ihr gehörte. Und trotz des entsetzlichen Traums fühlte sich Martha Livingston großartig, besser als seit langer Zeit.

Danach überdachte sie eine Weile die Zeremonie, die sie gerade gesehen hatte. Es war nicht die erste dieser Art: Vor Jahren hatte auch ihre Schwester Marie mit dem Gesicht nach unten auf dem Boden gelegen, auf dem Steinboden der Kathedrale von Montreal, neben dreißig anderen Novizinnen, die ihr Gelübde ablegten. Ein Chor von Nonnen hatte damals das Gloria gesungen, und anstelle von zwei einfachen Landpfarrern hatte der Erzbischof selbst die Messe zelebriert.

Alles kam schlagartig wieder zurück. Der Stolz ihrer Mutter, ihre eigene Wut. Sie verlor ihre einzige, geliebte Schwester an eine unaufgeklärte, mittelalterliche Institution. Marie verließ die reale Welt, wo sie sich durchaus einen Platz hätte erobern können, um einem Orden beizutreten, der sie von der Wirklichkeit fernhalten würde. Martha war schon sehr wütend gewesen, aber ihr damaliger Zorn war nichts im Vergleich zu der namenlosen Wut, die sie ergriffen hatte, als sie ein Jahr danach erfuhr, daß und unter welchen Umständen ihre Schwester ums Leben gekommen war.

Seit über zwanzig Jahren hatte sie diesen Zorn in sich getragen, und er hatte einen dunklen Schatten auf ihr Leben geworfen. Gewiß auch auf ihr Verhältnis zu Agnes und zur Oberin in diesem Fall.

Zum erstenmal in all diesen Jahren fühlte sie, wie die Last dieses Zorns von ihrer Seele genommen wurde. Als sie die kleine Novizin sah, die heute ihren Schleier nahm, setzte dieser Anblick Marthas Erinnerungen frei. Vielleicht war es der Zauber, der von der uralten Zeremonie ausging, vielleicht der Stolz auf den Gesichtern dieser Verwandten, in deren einfaches Leben ein wenig Glanz und Schönheit getreten war. Vielleicht waren es auch die Worte von Pfarrer Martineau, an die sie sich erinnerte. »Richte nicht, damit du nicht gerichtet werdest«, hatte er gesagt.

In all diesen Jahren habe ich nicht nur diese törichte Oberin gerichtet, sondern auch meine Schwester. Ich habe sie selbst für ihren Tod verantwortlich gemacht – und wer bin ich, um ein solches Urteil zu sprechen? Wie konnte ich es wagen, zu denken, daß Maries Entschluß weniger wertvoll, weniger bedeutungsvoll war als der meine? Sie konnte ebensowenig ein Leben wie das meine

ertragen, wie ich das ihre hätte dulden können. Und wer von uns beiden hatte nun recht? Ich habe kein Recht zu urteilen, sagte sie sich. Nicht mehr.
Tränen der Erleichterung traten ihr in die Augen – Erleichterung und auch so etwas wie Freude. Aber sie fühlte zugleich noch etwas anderes: eine zielbewußte Entschlossenheit, die stärker war als jemals zuvor.
Sie war noch immer entschlossen, die Unschuld von Schwester Agnes zu beweisen. Sie war entschlossen, Mutter Miriam Ruth zum Eingeständnis der Wahrheit zu zwingen – und Martha wußte, daß die Oberin ihr diese Wahrheit bisher vorenthalten hatte. Aber der alte, nagende Zorn war verschwunden, war ausgebrannt. Er hatte keine Bedeutung mehr; endlich konnte Martha der Oberin und der jungen Nonne gegenübertreten, ohne die Gespenster der Vergangenheit zu sehen, die sie heraufbeschworen.
Sie ging noch einmal alle bekannten Fakten durch, und ihre Gedanken blieben mit besonderer Aufmerksamkeit an dem Papierkorb hängen. Endlich fiel ihr ein, was es damit für eine Bewandtnis hatte – eine Bedeutung, die ihr bis dahin entgangen war. Nicht nur, daß Agnes die einzige Nonne war, die einen Papierkorb in ihrem Zimmer hatte; der Papierkorb im Büro von Mutter Miriam Ruth, in den Martha die Asche ihrer Zigarette geschnippt hatte, war klein – zu klein! Martha hatte es im Unterbewußtsein registriert, ohne es in ihr bewußtes Denken aufzunehmen. Dort, wo eigentlich ein großer Papierkorb hätte stehen müssen, stand nur ein kleiner, der längst nicht ausreichte für das Büro einer Oberin. Sicher, er hatte ja auch nicht immer dort gestanden. Ein anderes Steinchen des Puzzles fiel von selbst an die richtige Stelle. Es mußte der Papierkorb aus dem Büro von

Mutter Miriam Ruth gewesen sein, der in Agnes' Zimmer gestanden hatte, in der Nacht, als das Baby geboren worden war. Und er stand dort, weil die Oberin ihn dort hingestellt hatte. Das war ein wichtiger Teil des Beweises, den Martha dem Richter Leveau versprochen hatte – des Beweises dafür, daß Agnes unschuldig war. Aber wenn Schwester Agnes am Tod ihres Kindes keine Schuld hatte, konnte das nur eines bedeuten: daß jemand anderes es getan haben mußte.

Die Zeremonie war wohl inzwischen vorüber, die Messe zu Ende, die Novizin eine Nonne mit einem Ehering am Finger. Es war Zeit, zum Kloster zurückzufahren.

Als Martha wieder ankam, war das schmiedeeiserne Tor verschlossen. Schwester Marguerite schloß es auf, schaute Dr. Livingston dabei wütend an und ließ sie nicht durch die Eichenholztür ins Klostergebäude ein.

»Warten Sie hier«, murmelte sie zornig und ging, um der Oberin Bescheid zu sagen.

Die Tür blieb offen, und von drinnen hörte Martha Geräusche wie die bei einem Hochzeitsfest, Lachen und französisch-kanadische Volksmusik, auf einem Akkordeon gespielt. Sie erinnerte sich an das Fest, das man zu Ehren ihrer Schwester gegeben hatte, und wußte, daß man auch eine Hochzeitstorte auftragen und daß Schwester Geneviève in ihrem weißen Hochzeitskleid tanzen würde, mit Blumen im Haar. *An ihrem Hochzeitstag sind alle Bräute schön, auch Schwester Geneviève.*

Mutter Miriam Ruth erschien an der Tür, das Gesicht so kalt und hart wie polierter Marmor.

»Ich dachte, ich hätte Ihnen gesagt –«, begann sie, aber Martha langte schweigend in ihre Handtasche und reichte der Oberin einen Brief, dessen Umschlag das Wappen des kanadischen Gerichtshofs trug.

Die Klosterfrau nahm ihn wortlos entgegen, riß ihn auf und überflog den Inhalt. Es war die offizielle Genehmigung des Richters Leveau für Dr. Martha Livingston, die psychiatrischen Untersuchungen im Fall von Schwester Agnes vom Kloster zu den Kleinen Schwestern der Maria Magdalena in Berthierville in der Provinz Quebec fortzusetzen. Mit keinem Wort wurde erwähnt, daß die Genehmigung nur für einen Tag galt, und Martha fühlte sich nicht verpflichtet, es gegenüber der Oberin zu erwähnen.
»Das ist die Erlaubnis dafür, das Mädchen endgültig zu zerstören«, bemerkte Mutter Miriam Ruth bitter.
»Wo ist sie?« fragte Martha.
»Hat sie denn noch nicht genug mitgemacht?« rief die Oberin aus, und der Blick aus ihren dunklen Augen richtete sich bittend auf das Gesicht der Psychiaterin.
»Ich will ihr nur ein paar Fragen stellen«, erwiderte Martha.
»Mein Gott, sind Sie stur!«
»Wer hat gewußt, daß sie schwanger war?« fragte Martha ruhig.
»Wenn Sie nicht aufhören, uns in dieser Weise zu verfolgen und zu verhören –«
»Waren Sie es?« unterbrach die Psychiaterin.
»Sie ist eine Nonne, und es ist bekannt, daß Sie die Nonnen hassen –«
»Haben Sie gewußt, daß Agnes schwanger war?« wiederholte Martha.
»Ja.«
Das Wort schien in der Luft zu hängen, drang als Echo auf die beiden Frauen ein. Hinter ihnen, im Kloster, ertönte Musik. Draußen wurde die nachmittägliche Stille gestört durch das Krächzen der Krähen und durch das Wort Ja.

Wütend auf Martha, wütend auf sich selbst, lief Mutter Miriam Ruth in den Garten, als könne sie dadurch der Ärztin mit ihren quälenden Fragen entkommen. Doch vergebens: Dr. Livingston folgte ihr und bestürmte sie mit Fragen, und die Oberin wußte, daß sie diese beantworten mußte.

»Sie haben Agnes nicht zu einem Arzt geschickt?«

»Ich ahnte es nicht, bis es zu spät war.«

»Wofür?« fragte Martha. »Für eine Abtreibung?«

»Lächerlich«, zischte die Nonne.

»Zu spät, wofür?« Gnadenlos bohrte die Psychiaterin weiter.

Das Gesicht der Oberin wirkte plötzlich eingefallen, und Tränen standen in ihren Augen. »Ich weiß es nicht!« schrie sie. »Zu spät, um es noch aufzuhalten.«

»Das Baby?!«

»Den Skandal. Ich hätte Zeit gebraucht, um nachdenken zu können.«

»Sie sind in ihr Zimmer gegangen, um ihr bei der Geburt zu helfen«, folgerte Martha.

Die Oberin schüttelte den Kopf. »Agnes wollte keine Hilfe«, entgegnete sie schwach.

»Aber Sie wollten das Kind aus dem Weg haben«, fuhr die Ärztin fort.

»Das ist eine Lüge!« Die Stimme der Oberin klang gebrochen unter der gewaltigen Anspannung.

»Sie haben den Papierkorb, Ihren Papierkorb, in Agnes' Zimmer versteckt«, fuhr Martha fort und näherte sich der Oberin. Ihre Nerven zuckten, als wären sie bloßgelegt; sie fühlte sich der Wahrheit so nahe, daß sie glaubte, sie schon fast mit Händen greifen zu können.

»Ich habe ihn nicht versteckt!« erwiderte die Oberin. »Ich habe ihn hingestellt für das blutige Bettzeug –«

»Und für das Baby! Das tote Baby!« entfuhr es Martha.
»Nein.«
Die Augen der Psychiaterin waren kalt. »Sie haben ihm die Nabelschnur um den Hals gelegt –«
Die Adern am Hals von Mutter Miriam Ruth traten hervor wie Stricke, und ihre Hände langten nach dem Rosenkranz an ihrem Gürtel. Mit erstickter Stimme antwortete sie: »Ich wollte, daß sie es bekommt, wenn niemand dabei ist. Ich wollte das Baby in ein Krankenhaus bringen und es dort lassen. Aber dann war da so viel Blut. Ich glaube, ich habe den Kopf verloren –«
»Vor oder nachdem Sie das Kind getötet hatten?«
Mutter Miriam Ruth schüttelte heftig den Kopf. »Ich habe das Baby bei Agnes gelassen. Ich wollte Hilfe holen.«
Was sagt sie da? dachte Martha. Daß Agnes schließlich doch ihr Kind getötet hat? Wenn es nicht die Oberin war, die die Nabelschnur zugezogen hatte, wer dann? Beide konnten sie nicht unschuldig sein.
»Ich glaube, Agnes wird es anders schildern.« Martha sprach leise, biß dann die Zähne zusammen.
Mutter Miriam Ruth schlug beide Hände vors Gesicht, und ihr Körper zuckte, ein Beben, das lange nicht aufhören wollte. Schließlich warf sie sich herum.
»Dann ist sie eine gottverdammte Lügnerin!« schrie die Oberin und brach in Tränen aus.

14

»Hallo, Agnes.«

»Hallo.«

»Ich möchte dir noch ein paar Fragen stellen. In Ordnung?«

»Ja.«

Wieder hatte Mutter Miriam Ruth sie in den Raum unter dem Dach des Klosters begleitet, weit weg von allen anderen, als die Psychiaterin Agnes noch einmal unter Hypnose setzte. Von unten vernahm man ganz schwach die Geräusche der Fröhlichkeit, während sich das Hochzeitsfest dem Ende näherte, und das Tageslicht fiel durch das Dachfenster direkt auf den Stuhl in der Mitte des Raums.

»Gut«, sagte Martha beruhigend. »Setz dich hin und versuche, dich zu entspannen. Du bist wieder in der Wanne mit warmem Wasser. Nur sollst du dir diesmal vorstellen, daß du Öffnungen hast in deinem Körper, und daß das warme Wasser in diese Öffnungen dringt... Hinter deine Augen, warm und rein, wie ein Gebet... Deine Augen sind schwer, ganz schwer... Du möchtest schlafen. Schließ jetzt die Augen. Wenn ich bis drei zähle, wachst du auf. Agnes, kannst du mich hören?«

»Ja.«

»Wer bin ich?«

»Doktor Livingston.«

»Und wer ist bei mir?«

»Mutter Miriam Ruth.«

»Gut. Agnes, du sollst dich, wenn du kannst, an einen Abend im vergangenen Januar erinnern, an die Nacht, als Schwester Paul starb. Erinnerst du dich...?«

»Schwester Paul... Sie hat gesagt... Sie hat mir

gesagt...« Das Mädchen brach ab, und Tränen traten ihr in die Augen.
»Was ist?« Martha beugte sich vor. »Was hat dir Schwester Paul gesagt?«
»Sie hat gesagt: ›Michael‹.«
»Was hat sie damit gemeint?«
»Die Statue.«
»Was für eine Statue?« fragte Mutter Miriam Ruth verwundert, aber Dr. Livingston schüttelte den Kopf und bedeutete ihr, zu schweigen.
»Sie hatte ihn mir am Tag zuvor gezeigt«, sagte Agnes in hypnotischer Trance.
»Den unterirdischen Gang zur Scheune?«
»Ja«, antwortete Agnes.
Man hörte, wie die Oberin scharf die Luft einsog; sie war offenbar verblüfft darüber, daß Agnes von dem Gang wußte.
»Warum hat dir Schwester Paul den Gang gezeigt?« fragte die Ärztin leise.
»Damit ich zu *ihm* kommen konnte.«
»Zu wem?«
»Zu *ihm*!« An ihrem verklärten Ausdruck konnte man deutlich erkennen, wen Agnes meinte.
»Woher wußte sie von *ihm*?« fuhr Martha fort.
»Sie hatte *ihn* auch gesehen.«
»Wo?«
»Vom Glockenturm aus. Am Tag, bevor sie gestorben ist.«
Martha erinnerte sich jetzt daran, wie Agnes ihr erzählt hatte, daß Schwester Paul am Tag nach ihrem letzten, gemeinsamen Besuch des Glockenturms gestorben war. Martha stellte sich die Szene vor...
Da standen sie nebeneinander auf der Plattform, die

älteste und die jüngste Nonne, zwei Frauen, die eng miteinander befreundet waren. Es war ein sehr kalter Tag, sogar für Januar, aber die Luft schien klarer als in den vorausgegangenen Wochen. Man konnte meilenweit sehen vom alten Glockenturm aus, über die Felder und bis zum Dorf.

Die alte Nonne hatte nicht mehr lange zu leben, und sie wußte es. Sie hatte keine Angst vor dem Tod; im Gegenteil, sie war bereit. Jesus wartete auf sie, wartete, sie in Seine Arme zu nehmen. Er war da draußen, winkte ihr zu, rief ihren Namen.

Komm zu mir, Schwester Paul. Komm zu mir.

Aber sie war so alt und so müde, und das Atmen fiel ihr schwer. Sie konnte Christus, ihren Herrn sehen von dort aus, wo sie stand, aber sie konnte nicht zu *ihm* gehen. Es war so weit, und ihre Beine waren so schwach. Sie würde *ihn* nie erreichen...

Bedeutete das, daß sie verloren war? Daß ihre Seele niemals zum Himmel schweben würde? Schwester Agnes hier war so jung und so stark. Ihre Beine schienen niemals müde zu werden. Ich schicke Schwester Agnes zu *ihm*, dachte Schwester Paul. Er ruft; ich kann *ihn* von hier oben sehen. Schwester Agnes wird an meiner Stelle gehen und *ihm* sagen, daß ich ihn liebe und bei *ihm* sein würde, wenn ich könnte...

Martha sah, daß auch Agnes sich an diesen Nachmittag erinnerte.

»Also hat sie dich geschickt?« fragte Martha leise.

»Ja.«

»Und was geschah?«

»Ich habe eine Kerze genommen, von einem Kerzenleuchter vor dem Heiligen Michael. Ich weiß, daß er mir verzeiht. Es war sehr dunkel in der Krypta, aber der

unterirdische Gang war noch dunkler, und ich hatte Angst. Etwas ist mir über den Fuß gelaufen, und ich habe laut geschrien...« Agnes' Stimme klang, als käme sie von weit her.
»Ja – und?«
Die Trance schien sich zu vertiefen; die Lider des Mädchens zuckten, ohne sich zu öffnen, als sie die Ereignisse des Abends wieder erlebte.
»Ich habe die Riegel aufgeschoben. Es geht schwer, und ich muß sehr fest drücken. Da! Jetzt ist die Falltür offen... Ich bin in der Scheune. Es ist so kalt. Aber ich denke nicht an die Kälte. Er ist hier.«
»Hast du Angst?« fragte Martha.
»Ja. Es ist dunkel in der Scheune, und ich habe nur die eine Kerze. Ich höre die Tauben oben im Gebälk; sie haben auch Angst. Aber dann höre ich noch etwas... Bist du es?«
Mutter Miriam Ruth ergriff ihr Kruzifix und begann leise zu beten, dabei wandten sich ihre Augen nicht von dem beseelten Gesicht der jungen Nonne ab.
»Er antwortet mir nicht. Ich weiß, daß ich keine Angst zu haben brauche, aber ich habe Angst. Große Angst. Dann höre ich *ihn*...«
Sie befand sich jetzt in tiefer Trance, als sie die Ereignisse dieser unheimlichen Nacht noch einmal erlebte. Dann begann sie zu sprechen, aber nicht zu der Psychiaterin und auch nicht zu Mutter Miriam Ruth, sondern zu jemandem, den nur sie sehen und hören konnte.
»Ja. Ja, das tue ich.« Wieder lauschte sie der unhörbaren Stimme.
»Aber warum ich?« fragte sie, und ein leises Wimmern entstand in ihrer Kehle. »Warte! Ich will dich sehen!« Ihre Augen starrten ins Leere, schienen fast aus den Höhlen

zu treten, und dazu streckte sie die Hände nach irgend etwas aus.
»Was siehst du?« fragte Dr. Livingston fasziniert. Mutter Miriam Ruth stand erstarrt da, ihr Gesicht war weiß, und ihre Lippen bewegten sich, beteten unwillkürlich ein Vaterunser.
Schwester Agnes lächelte. »Eine Blume, wächsern und weiß«, sagte sie verträumt. »Ein Blutstropfen, der auf die Narbe fällt, durch die Adern fließt... Ein Heiligenschein, der sich teilt und immer wieder teilt... Federn wie Sterne, sie fallen, fallen in die Iris von Gottes Auge.«
Ekstase hatte Agnes ergriffen, und sie wußte nicht, wo sie war, in der Gegenwart oder der Vergangenheit. Martha hatte sie nie so zart und dennoch strahlend gesehen – so durchscheinend, dachte sie. Das Licht schien sie zu durchdringen und zugleich aus ihr zu leuchten.
»O mein Gott, Er sieht mich!« rief sie. »Oh, es ist so wundervoll, so schön... So herrlich blau, dann wieder gelb, die schwarzen Flügel, das braune Blut... Nein, es ist rot. Es ist sein Blut – o mein Gott! Mein Gott!«
Und jetzt schrie sie in reinem Entsetzen, Schrei folgte auf Schrei. »Ich blute! Ich blute!« Sie sprang auf vom Stuhl, konnte aber nicht stehen, schwankte, dann sank sie zurück auf den Stuhl und stöhnte erbärmlich. In dem Augenblick, als Dr. Livingston und Mutter Miriam Ruth ihr zu Hilfe eilten, sahen sie es.
Schwester Agnes blutete an beiden Handflächen.
Blut lief ihr von den Händen, tropfte auf den Boden neben dem Stuhl. Sie selbst war einer Ohnmacht nahe.
»O mein Gott!« stieß Martha in tiefstem Entsetzen aus.
»O mein geliebter Jesus!« flüsterte Mutter Miriam rauh.
Sie standen wie versteinert, beobachteten das Mädchen, das auf dem Stuhl saß und stöhnte, und keiner wußte,

was er tun sollte. Aber bevor sie irgend etwas unternehmen konnten, begann sich Agnes aufgeregt zu winden.
»Ich muß das wegmachen«, plapperte sie. »Es ist an meinen Händen und an den Beinen. Mein Gott, es hört nicht mehr auf. Wie kann ich machen, daß es aufhört?«
Aber es war nicht das Blut an ihren Händen, das sie so erschreckte, es war das jungfräuliche Blut, das in dieser Nacht ihr Laken getränkt hatte. In der Nacht, als Schwester Paul gestorben war und Schwester Agnes sich hingegeben hatte – wem? –, als sie aus Angst ihr Bettzeug verbrannt hatte.
Mutter Miriam Ruth hatte die Fassung wiedergewonnen und hielt Agnes fest, doch das Mädchen wehrte sich wild und mit einer Kraft, die man ihr niemals zugetraut hätte.
»Agnes, bitte . . .«
»Laßt mich los!«
»Agnes, du mußt dir helfen lassen!«
»Geh weg. Laß mich in Ruhe. Ich wollte, du wärst tot!«
Sie zerrte an den Fingern der Oberin, um die Hand von ihrem Arm zu lösen. Ihre Lippen waren aufgeworfen, und sie fletschte die kleinen, weißen Zähne in einem animalischen Knurren.
Martha Livingston wußte, daß sich Agnes noch in hypnotischem Zustand befand, so erregt sie auch sein mochte. Sie ging einen Schritt auf sie zu. »Agnes . . .«
»Ich wollte, ihr wärt alle tot!« kreischte das Mädchen, riß sich von den beiden Frauen los und lief in eine Ecke des Raumes, wo es sich hinkauerte wie ein in die Enge getriebenes Tier und heftig keuchte.
»Agnes, wir hatten nichts zu tun mit dem Mann in der Scheune . . .« sagte Martha, während sie ihr folgte.
»Laßt mich allein!« schluchzte Agnes. Ihre Augen rollten

wild, und der Schweiß lief ihr unter der Haube hervor und über die Stirn.
Aber Martha hatte nicht die Absicht, sie jetzt schon aus der Hypnose zurückzuholen. Sie mußte ganz zu ihr durchdringen, mußte sie dazu bringen, daß sie begriff, was in jener Nacht geschehen war, und daß sie die Wahrheit akzeptierte. Dann konnte Agnes versuchen, damit fertigzuwerden; nur auf diesem Weg war es möglich, sie von ihren traumatischen Erlebnissen zu befreien.
»Er hat dir etwas sehr Böses angetan. Verstehst du?« Sie legte eine Hand auf ihren Arm, aber das Mädchen schüttelte sie ab.
»Rühren Sie mich nicht an!«
»Er hat dir Angst gemacht und dir wehgetan.« Die Psychiaterin streckte wieder die Hand aus, aber die Nonne wich zurück.
»Nicht!« kreischte sie und war selbst unter Hypnose nicht bereit, zu hören, was sie ängstigte.
»Es ist nicht deine Schuld...«
»Mammi!« stöhnte Agnes.
»Er ist schuld daran«, erklärte Martha.
»Nein, sie ist schuld«, schrie das Mädchen und wandte sich wütend an Mutter Miriam Ruth. »Es ist *Ihre* Schuld!«
Die Oberin trat entsetzt einen Schritt zurück und schien in ihrem Habit zusammenzuschrumpfen. »Nein«, rief sie klagend.
»Sag uns, wer er ist«, drängte die Ärztin, »damit wir ihn finden und verhindern können, daß er das auch anderen Mädchen antut...«
Aber Agnes hörte nicht zu. Sie funkelte Mutter Miriam Ruth an und ballte die kleinen Hände zu Fäusten. »Es ist alles Ihre Schuld!« schrie sie wieder.

Martha ging hin zu ihr und packte sie an den Schultern, um ihre Aufmerksamkeit auf sich zu lenken. »Agnes, wen hast du in der Scheune gesehen?« fragte sie.
»Ich hasse ihn!«
»Natürlich haßt du ihn. Wer war es?«
»Ich hasse ihn wegen dem, was er mir angetan hat!«
Das war echt. Das war gut. Das war die Heilung. »Ja«, sagte Dr. Livingston.
»Ich hasse ihn für das, was ich wegen ihm durchmachen mußte!« Agnes atmete rasch und stoßweise, getrieben vom Zorn.
»Wer ist es?« beschwor sie Martha.
»Ich hasse ihn!« Das Gesicht des Mädchens war eine Maske des tiefsten Abscheus.
»Wer hat dir das angetan?« bohrte Dr. Livingston.
Die junge Nonne warf den Kopf in den Nacken. Dann spuckte sie die Worte direkt ins Gesicht der Psychiaterin.
»Gott!« schrie sie. »Es war Gott! Und jetzt muß ich in der Hölle brennen, weil ich Ihn hasse!« Der entweichende Druck ihrer wilden Gefühle löste einen erschütternden Weinkrampf aus.
Martha drehte sich das Herz um aus Mitleid für das Mädchen. »Du wirst bestimmt nicht in der Hölle brennen«, sagte sie leise, aber sehr ernst. »Du hast ganz recht, wenn du ihn haßt.«
»Genug für heute«, unterbrach Mutter Miriam Ruth. »Wecken Sie sie auf.« Die Oberin sah müde und erschöpft aus, schien sehr mitgenommen zu sein von dem, was sie erlebt hatte. Ihr Gesicht war kalkweiß, und um ihre Augen zeigten sich dunkle Ränder.
»Sie gehört Ihnen nicht mehr«, sagte Martha leise.
»Sie gehört Gott.«
»Agnes, was ist mit dem Baby geschehen?« fragte Martha

und richtete wieder die Augen gespannt auf das Gesicht der jungen Nonne.
»Sie kann sich nicht daran erinnern!« fuhr Mutter Miriam Ruth allzu schnell dazwischen.
Aber Schwester Agnes sagte in ihrer Trance nur: »Ja...« und wartete auf die Stimme der Psychiaterin.
»Sie hat das Baby in den Arm genommen«, sagte Martha und meinte damit die Oberin.
»Ja.« Wieder diese Stimme, wie aus weiter Ferne.
»Du hast alles gesehen, nicht wahr?«
»Ja.«
»Und dann – was hat sie dann getan?«
Agnes richtete den Blick auf die Oberin. Mutter Miriam Ruth öffnete die Lippen, um zu sprechen, schloß sie dann aber und blieb stumm. Erschöpft und leidend senkte sie die Lider ihrer dunklen Augen.
»Agnes, was hat sie getan?« fragte Dr. Livingston wieder.
»Sie hat mich allein gelassen mit dem – mit diesem kleinen Ding«, antwortete Agnes einfach und ruhig. »Ich habe es angeschaut und dachte, daß es ein Fehler ist, ein Irrtum. Aber es ist *mein Fehler*, nicht der von Mammi. Ich dachte, ich kann die Kleine vielleicht retten. Ich kann sie vielleicht zurückbringen zu Gott.«
Marthas Kehle war plötzlich ganz trocken. »Was hast du dann getan?« Ihre Stimme klang rauh.
»Ich habe sie schlafen gelegt«, sagte das Mädchen und lächelte.
»Wie?« fragte Martha und fürchtete sich vor der Antwort. Kalter Schweiß stand ihr im Nacken.
»Ich hab' ihr die Nabelschnur um den Hals gebunden, habe sie in die blutigen Laken eingewickelt und in den Abfalleimer gesteckt.« Und ihr Lächeln wurde breiter,

als ob sie davon überzeugt sei, etwas unglaublich Schlaues getan zu haben.
Das war es also. Das letzte Steinchen des Puzzles. Agnes von Gott. Die Wissenschaft hatte triumphiert; gelobt sei das zwanzigste Jahrhundert!
Ein leises Stöhnen entrang sich Mutter Miriam Ruth. »Nein. O nein. Sie hat sich erinnert. Und ich habe die ganze Zeit gedacht, sie sei unschuldig, habe es nicht gewußt. Aber sie hat es gewußt. Sie hat es gewußt.«
Martha Livingston ließ hoffnungslos die Schultern sinken.
»Eins, zwei, drei«, zählte sie dann ruhig.
Und Schwester Agnes erwachte aus der Trance.

15

Natürlich kam es nicht zum Prozeß gegen Agnes. Wie wäre das möglich gewesen, da sie doch ganz offensichtlich geistig gestört war? Mutter Miriam Ruth behauptete noch immer, sie sei von Gott berührt. Ironie des Schicksals. Im Mittelalter umgab die Verrückten eine Aura der Verehrung. Man bezeichnete sie einfältig, naturhaft und von Gott gesegnet. Auch die indianischen Stämme Nordamerikas betrachteten ihre Verrückten als Gesegnete, verehrten sie sogar als Heilige. Also schien Mutter Miriam Ruth doch recht gehabt zu haben. Schwester Agnes war in der Tat von Gott berührt.
Und sie war unschuldig; zu dieser Feststellung war Dr. Livingston schließlich gelangt. Sie nahm an, daß das Wort *töten* nicht im Vokabular von Schwester Agnes vorkam. Man hatte ihr so oft gesagt, daß Babys ein Fehler

waren, und Martha war sicher, daß sie lediglich einen Fehler hatte korrigieren wollen, genau wie sie gesagt hatte. Eine sterbende Nonne hatte Halluzinationen gehabt, und Agnes, eine Mystikerin, die von Visionen umgeben war und Stigmata empfing, wurde zu einem Rendezvous mit Gott geschickt. Neun Monate später offenbarte sich der Irrtum. Wie hätte Schwester Paul das ahnen, wie Schwester Agnes es wissen können?
Ihr ganzes Leben lang hatte Martha nach richtigen Antworten gesucht. Sie war immer der Meinung gewesen, daß man sie bekommen konnte, vorausgesetzt, man stellte die richtigen Fragen. Nie hatte sie denen geglaubt, die behaupteten, auf manche Frage gebe es keine Antwort. Das wäre unwissenschaftlich gewesen. Denn das war ja gerade der Reiz und die Schönheit der Wissenschaft: Sie lehrte einen, die richtigen Fragen zu stellen. Aber nicht alle Fragen ... Zum erstenmal in ihrem Leben wurde ihr bewußt, daß sie nicht alle Fragen kennen konnte.
Sie wußte, daß es Menschen gab, die sich der Wissenschaft zuwandten, und solche, die sich Gott zuwandten, obwohl im Grunde jeder das gleiche suchte, die gleichen Antworten auf die gleichen Fragen. Die einen stellten Experimente an, die anderen beteten, und manchmal erhielten sie die Antworten, die sie suchten, und manchmal nicht.
Martha fand es irgendwie fast komisch, daß Mutter Miriam Ruth und sie die Positionen getauscht hatten. Sie hatten beide einen Halbkreis beschrieben, hatten sich um volle hundertachtzig Grad gewendet. Die Oberin hatte an die Unschuld von Agnes geglaubt und glaubte jetzt nicht mehr daran. Die Psychiaterin hatte nicht daran geglaubt, jetzt war sie davon überzeugt. Komisch – und

bitter zugleich. Martha hatte in diesen Tagen einen trokkenen Geschmack im Mund, wie Asche – einen Geschmack, den sie nie gespürt hatte, als sie noch rauchte.

Nein, es kam nicht zum Prozeß, nicht, nachdem Dr. Livingston ihren Bericht auf den Schreibtisch von Richter Leveau gelegt hatte. Statt dessen gab es ein Hearing, bei dem Martha bestätigte, daß die junge Nonne geistig nicht zurechnungsfähig war. Mutter Miriam Ruth sah sehr müde und viel älter aus als sonst; ihre Zeugenaussage war knapp und bestätigte im großen und ganzen die Feststellungen der Psychiaterin. Sie sprach von den Visionen, die das Mädchen hatte, maß ihnen aber keine große Bedeutung zu, und ging mit keinem Wort auf die Stigmata ein. Bei diesem Hearing war der Gerichtssaal überfüllt mit Reportern, also ließ sie es besser auf sich beruhen. Keine der anderen Nonnen wurde als Zeuge aufgerufen, und jeder der Beteiligten schien froh zu sein, daß er die Sache endlich hinter sich hatte.

Während der Anhörung saß Agnes da wie aus Stein gehauen, schien nichts zu sehen und nichts zu hören und starrte entrückt ins Leere. Auf dem Weg in den Saal hatte sie sich durch eine Gasse von Reportern drängen müssen, die mit ihren Kameras auf sie zielten, und nur, wenn das Blitzlicht sie geblendet hatte, war sie kurz zusammengezuckt.

Es war keine lange Sitzung, dauerte vielleicht zwei Stunden, vielleicht nicht einmal so lange. Als der letzte Zeuge aufgerufen und wieder abgetreten war, verkündete Richter Leveau seine Entscheidung.

»Es scheint klar zu sein, daß die Angeklagte in keiner Weise für ihre Handlungen verantwortlich gemacht werden kann. Daher ordnet dieses Gericht an, daß sie zurückgebracht wird in das Kloster Maria Magdalena, wo sie unter geeignete ärztliche Aufsicht gestellt werden wird.«

Martha Livingston, die mehrere Reihen hinter Mutter Miriam Ruth und Schwester Marguerite saß, sah, wie die Oberin erleichtert auf ihren Platz zurücksank. Dann drehte sich Mutter Miriam Ruth um und schaute der Psychiaterin ins Gesicht, und Martha glaubte, noch nie so viel Leid in den Augen eines Menschen gesehen zu haben.

Nachdem der Richter seine Entscheidung auf englisch kundgetan hatte, verlas er sie noch einmal auf französisch, wie es das Gesetz verlangte. Aber als er damit begann, stand Schwester Agnes plötzlich auf.

Im Gerichtssaal entstand gespannte Bewegung, und alle Augen richteten sich auf die junge Nonne. Jeder wartete darauf, daß sie etwas sagen würde, doch sie sagte nichts.

»*Oui?*« ermunterte sie Richter Leveau.

Das Mädchen schien sprechen zu wollen, aber es war, als könne sie nicht die geeigneten Worte finden. Mutter Miriam Ruth beugte sich vor und streckte beschwörend eine Hand aus, doch Agnes schaute nicht in ihre Richtung. Sie wandte sich auch nicht Dr. Livingston zu, sondern stand einfach da.

»Haben Sie etwas zu sagen?« fragte der Richter.

Agnes nickte. Damit war klar geworden, daß sie auf die Genehmigung des Richters gewartet zu haben schien. Er nickte ihr gütig zu und ermunterte sie zum Sprechen.

Sie sprach sehr leise, aber ihre Stimme war so klar, daß man sie in dem Gerichtssaal deutlich vernehmen konnte. Ihre Worte waren einfach, ihr Ton fast ausdruckslos.

»Ich stand jeden Abend am Fenster in meinem Zimmer, eine Woche lang. Und eines Nachts hörte ich die wunderbarste Stimme, die man sich vorstellen kann, und als ich hinausschaute, sah ich *ihn* im Licht des Mondes. Sechs Nächte lang. Er sang für mich. Lieder, die ich nie gehört hatte. Und in der siebten Nacht breitete *er* Seine Flügel aus und legte sich auf mich. Und dabei sang Er die ganze Zeit.« Und dann begann Schwester Agnes mit der süßesten Stimme, die man sich denken kann, der Stimme eines Schutzengels für Kinder, zu singen. Das Lied war über zweihundertfünfzig Jahre alt und stammte aus einem weit entfernten Land.

»Charlie ist hübsch und Charlie ist lieb,
Und Charlie ist mein Schatz.
Und kommt zurück er aus der Stadt,
Kriegt sein Mädel einen Schmatz.«

Dem folgte schockiertes Schweigen, dann leises Flüstern im Gerichtssaal. »Bitte führt sie hinaus«, sagte Leveau leise.
Schwester Marguerite stand auf und versuchte das Mädchen auf seinen Platz zu zerren, doch Agnes sang weiter.

»Über den Fluß und durch den Wald,
Über den Fluß zu Charlie.
Über den Fluß und durch den Wald,
Mit 'nem Kuchen im Korb für Charlie ...«

Jetzt schlug der Richter mit dem Hammer auf die Bank, und seine Stimme übertönte tadelnd den Gesang. »Ich verlange, daß jemand unverzüglich die Angeklagte aus dem Gerichtssaal führt!« forderte er.
Der Gerichtsdiener trat vor und legte einen Arm auf die Schulter der jungen Nonne, aber Mutter Miriam Ruth

schüttelte den Kopf. Sie stand auf, nahm Agnes sanft am Arm und führte sie hinaus. Während sie den Gerichtssaal verließen, wurden sie wieder von den Reportern und Photographen bedrängt, die wie Haie nach ihnen schnappten und die Blitzlichter auf ihre blassen Gesichter richteten. Als Agnes an Dr. Livingston vorbeikam, schaute sie die Psychiaterin wortlos an.
Schon einmal hatten sie sich so angeschaut, Fremde im gnadenlosen Licht der Blitzlichtgeräte. Am ersten Tag, auf der Treppe zum Gerichtsgebäude, als am Ende der Voruntersuchung Anklage gegen Agnes erhoben worden war. Damals war sie umgeben gewesen von all den Nonnen, und ihre Pupillen waren so groß, daß Martha nicht einmal erkennen konnte, welche Farbe ihre Augen hatten. Damals habe ich sie noch nicht gekannt, dachte Martha. Aber kenne ich sie jetzt? Und werde ich sie jemals wiedersehen?

Martha hatte nicht damit gerechnet, das Kloster oder einen seiner Insassen wiederzusehen, aber dann mußte sie doch noch einmal dorthin zurück. Bei ihrer langen und schmerzhaften Suche nach der Wahrheit waren viele Fragen unbeantwortet geblieben, obwohl sie wußte, daß es auf die meisten keine Antwort geben würde. Wie es denn meist für die wichtigsten Fragen des Lebens keine Antworten gab. Wir fragen »Warum?«, und Gott – oder die Wissenschaften – sagen »Darum«, und das ist alles. Aber Martha wollte Mutter Miriam Ruth fragen, warum sie Agnes alleingelassen hatte, als diese in Schmerzen, Angst und Entsetzen ein Kind gebar.
»Agnes wollte keine Hilfe«, hatte sie einmal gesagt, aber das war keine Antwort.
Und der Mann... Hatte Schwester Paul wirklich Hallu-

zinationen gehabt und Agnes zu ihm geschickt, wie das Mädchen unter Hypnose aussagte? Bei Gericht hatte Agnes erklärt, sie habe einen Mann vor ihrem Fenster gesehen, an sechs Abenden nacheinander. Was war die Wahrheit? Hatte sie Schwester Paul gestanden, sie habe ihn in der Scheune gesehen? Hatte sie der alten Frau weisgemacht, Gott selbst sei dortgewesen? Und hatte Schwester Paul am Ende ihres langen Lebens Agnes das Wissen um den geheimen Gang zum Geschenk gemacht? Wenn ja, hatte sie es getan, weil auch sie der Meinung war, der Mann in der Scheune sei Gott, oder tat sie es, weil sie wußte, daß er nicht Gott war? Bedauerte sie vielleicht die vielen Jahre der Enthaltsamkeit und wünschte Agnes ein anderes Schicksal? Oder waren beide religiöse Fanatiker, die eine komplizierte *folie à deux* teilten? Es gab so viele Fragen, auf die Martha nie die Antwort erfahren würde. Und sie mußte lernen, damit zu leben. Aber es war schwer, verdammt schwer!

»Was machen Sie denn hier?« fragte die Oberin.
»Ich mußte herkommen«, antwortete Martha mit leiser Stimme. »Wie geht es ihr?«
In der schwachen Nachmittagssonne eines unerwartet goldenen Dezembertages sah Mutter Miriam Ruth alt und erschöpft aus, als ob man ihr alle Körpersäfte entzogen und nur die trockene Hülle übriggelassen hätte. Tiefe Falten furchten ihr Gesicht zwischen den Brauen und neben Nase und Mund!
Hinter ihr, auf den Stoppelfeldern, gingen die Kleinen Schwestern in einer Prozession und sangen einen Segen für die Felder. Eine Zeremonie, Jahrtausende älter als das Christentum. Martha hatte zugesehen, allein im

scharfen Winterwind, als die Oberin hergekommen war und sich an sie gewandt hatte.
»Sie spricht mit niemandem mehr«, sagte Mutter Miriam Ruth tonlos. »Und gesungen hat sie seitdem keinen Ton.«
Marthas Lippen bebten, und Tränen liefen ihr über die Wangen. »Das tut mir leid.«
Aus der Ferne trug der Wind den Gesang der Nonnen zu ihnen herüber, dann, als sich seine Richtung drehte, war nichts mehr zu hören.
»Sie fehlt mir«, fügte Martha hinzu und wischte sich die Tränen fort.
Mutter Miriam Ruth gab keine Antwort; niemandem konnte Agnes so fehlen wie ihr selbst, jetzt, da ihr das Mädchen entglitten war und Tag für Tag entrückter oder stumpfsinniger dahinlebte.
»Was mag dieses Lied bedeutet haben? Das Lied, das sie bei Gericht gesungen hat? Wissen Sie es?«
Die Oberin zuckte mit den Schultern. »Vermutlich hat *er* sie damit verführt. Wer er auch sein mag.«
»Ja, vielleicht. Aber könnte es nicht auch ein Wiegenlied sein... Aus ihrer Kinderzeit...?«
Mutter Miriam Ruth schüttelte den Kopf. »Und der Vater?«
Darauf hatte Martha keine Antwort. »Ich weiß es nicht. Hoffnung. Liebe. Verlangen.«
»Und der Glaube an Wunder«, fügte die Oberin traurig hinzu.
Dr. Livingston seufzte tief. »Ich weiß nicht, was ich glaube, und was nicht. Aber ich möchte glauben«, versuchte sie der Oberin klarzumachen. »Ich möchte glauben, daß sie – gesegnet ist...«
Mutter Miriam Ruth riß erstaunt die Augen auf. »Warum?«

Jetzt liefen die Tränen hemmungslos über Marthas Wangen. Sie versuchte nicht, ihnen Einhalt zu gebieten; keine Macht auf Erden hätte diese Tränen aufhalten können.

»Weil ich – weil ich sie brauche«, schluchzte sie.

Jeder ging einen Schritt auf den anderen zu, und Mutter Miriam Ruth, deren Augen sich ebenfalls mit Tränen gefüllt hatten, streckte Martha Livingston die Hand entgegen. Endlich war ihnen deutlich geworden, wieviel sie gemeinsam hatten. Jede der beiden war berührt worden, berührt durch Agnes von Gott, und jede hatte etwas von ihr erhalten. Ein kleines bißchen – Glauben ... Und der hatte ihr Leben verändert.

Während sie sich weinend umarmten, trug der Wind ein anderes Lied zu ihnen. Oder bildeten sie es sich nur ein? Dachten sie nur, sie hörten die Stimme von Schwester Agnes, wie sie das *Agnus Dei* sang, klarer als die Winterluft?

Agnus Dei,
Qui tollis peccata mundi,
Dona nobis pacem ...

Lamm Gottes, du nimmst hinweg die Sünden der Welt, gib uns den Frieden.
Amen.